GL'ISTRICI

I libri che pungono la fantasia

141

Il grande sogno del norvegese Klaus Hagerup era di diventare medaglia d'oro di Pentathlon alle Olimpiadi. Ma la sua carriera sportiva non iniziò nemmeno, mentre progredì invece quella teatrale: prima di dedicarsi alla letteratura per ragazzi fece il drammaturgo, il regista e l'attore.
Ma la vera passione è scrivere: scrivendo, infatti, Hagerup riesce così tanto a immedesimarsi nella vita e nelle emozioni dei ragazzi da stupirsi moltissimo di essere un adulto. È come se rivivesse mille storie, ritrovando il gusto di una seconda adolescenza (ma senza brufoli!).
I suoi libri sembrano scriversi da soli, e Hagerup è il primo a sorprendersi della direzione che prendono: non pianifica nulla all'inizio e lascia che i personaggi creati proseguano autonomamente per la loro strada. Ed è così, infatti, che Olle riesce a non restare un Pappamolle.

Collana diretta da Donatella Ziliotto
Premio Andersen — Baia delle Favole 1989 alla Collana
Premio Città di Padova 1994 alla Collana

Titolo dell'originale norvegese
MARKUS OG DIANA
Traduzione di Margherita Podestà Heir

ISBN 88-7782-781-5

SALANI GL'ISTRICI

Klaus Hagerup

OLLE PAPPAMOLLE

Illustrazioni di Chiara Carrer

1

Nessuno era più fifone di Pappamolle, alias Olle Simonsen. Olle Simonsen, che soffriva di vertigini e aveva paura del buio. Olle Simonsen, che era convinto di venire incenerito da un fulmine non appena si fosse azzardato a calpestare il bordo del marciapiede e che per niente al mondo avrebbe osato prendere l'ascensore. Olle Simonsen, che aveva paura dei ragni e dei cani e di tutto quello di cui si può avere paura a questo mondo. Per non parlare delle ragazze: lo terrorizzavano, lo facevano arrossire con un semplice sguardo. Il che succedeva spesso, anche se lui non era niente di speciale. Era il ragazzo più piccolo e mingherlino della classe 6B della scuola «Ruud», con i capelli color sabbia e occhiali spessi dalla montatura marrone che a tredici anni lo facevano sembrare un vecchietto. Ma non erano soltanto gli occhiali a invecchiarlo: era anche tutta la paura che si portava addosso. Quando camminava su e giù per il cortile della scuola in compagnia di Sigmund strascicava i piedi, a testa bassa. «Un tappetto che sembra un vecchio bacucco» diceva Reidar, che aveva corso i sessanta metri in 8,3 secondi e possedeva una mountain bike che costava un occhio della testa. Olle la bicicletta non l'aveva. Il solo pensiero di oscillare su un'impalcatura mobile a due ruote gli faceva venire la nausea. Meglio andare a scuola a piedi anche se questo poteva essere molto pericoloso: cani randagi e automobilisti daltonici che non distinguevano il rosso dal verde. Non si poteva mai sapere. Meglio andare sul sicuro. Ma un posto assolutamente sicuro esisteva? Olle ne dubitava. Affrontava la vita come se stesse camminando su una fune d'equilibrio.

L'unica persona con cui legava era, stranamente, Sigmund, il ragazzo più alto e più bravo della classe. Il padre di Sigmund era matematico e Sigmund aveva impressionato tutta la classe con un tema sull'origine dell'universo. Aveva parlato del Bing Bang, dei Buchi Neri e dell'Universo che si contraeva con la massima naturalezza, come se si trattasse del resoconto di un viaggio alle Canarie. E poi leggeva libri in inglese. Almeno quattro compagne di classe erano segretamente innamorate di Sigmund, cosa che lui prendeva senza scomporsi.

« Guarda, Mika ti sta fissando » mormorò un giorno Olle mentre stavano passeggiando – perché Sigmund e Olle non camminavano, passeggiavano – avanti e indietro nel cortile durante l'intervallo.

« Ti sbagli » rispose Sigmund pacatamente. « Sta fissando te ».

A quelle parole Olle arrossì, chinando ancora di più la testa.

LUNEDI
s. Edvige regina 291
Ottobre 17
Eddie Rickenbacker Aviation Pioneer
USA 60
PRINTED MATTER
L'IDENTIKIT
capelli color sabbia
occhiali spessi
ITALIA
ARROSSISCE
scrive lettere
colleziona autografi
È ALTO h. 1.50
Pelikan
TINTA CHINA
HA 13 ANNI
HA LE VERTIGINI
HA PAURA DEL BUIO - RAGNI - CANI
E DELLE FEMMINE

« Era quello che temevo » sussurrò.

« Se le ragazze ti fissano, fissale anche tu » replicò Sigmund. « Vedrai se non la smettono subito ».

« Facile per te. Sei alto più di uno e settanta, mentre io sono un metro e mezzo scarso ».

« Sì » fece Sigmund serio. « Probabilmente non smetterò di crescere prima di aver raggiunto i tre metri ».

« Così entrerai nel Guinness dei primati » disse Olle.

« Non mi interessa entrare nel Guinness dei primati. Voglio diventare astrofisico ».

Olle non aveva la più pallida idea di cosa fosse un astrofisico, comunque non riusciva a capire come questo potesse impedire a Sigmund di entrare nel Guinness dei primati, e glielo domandò.

« Secondo te quanti astrofisici ci sono nel libro dei Guinness? » chiese Sigmund.

« Non lo so ».

« Neanche uno ».

« Allora sarai il primo ».

« Se diventerò alto tre metri, non avrò il tempo di diventare astrofisico. Troppi problemi. Ciao Mika! » gridò.

Mika guardò verso di loro. Quando incontrò lo sguardo di Sigmund, arrossì.

« Non hai niente da fare, Mika? »

« Eh? »

« Sei preparata per il compito in classe di storia? »

«Io... non so. Perché?»

«Perché se no, non dovresti sprecare tempo prezioso fissando Pappamolle in questo modo».

Mika diventò tutta rossa, aprì il libro che aveva in mano e finse di immergersi nella lettura.

«Così si sistemano le ragazze troppo insistenti» disse Sigmund.

«Tu le sistemi, non io. Devi proprio chiamarmi Pappamolle?»

«Ti chiamano tutti così».

«Sì, ma almeno tu potresti chiamarmi Olle».

«Sono tuo amico, vero?»

«Sì».

«Ed è proprio per questo che ti chiamo Pappamolle» rispose serio Sigmund. «Tanto gli altri lo fanno comunque. Se lo faccio anch'io, non è più un'offesa. Così ti ci abitui».

«Per niente».

«Come fai a saperlo? Ho appena cominciato a chiamarti così».

Olle e Sigmund erano capaci di andare avanti per ore e ore con questo tipo di discussioni. Riuscivano a invischiarsi nelle conversazioni più incredibili e arrivavano a conclusioni stupefacenti. Nessuno, neanche loro due, avrebbero saputo dire perché fossero diventati amici. Erano diversi come il cielo e la terra, e forse il motivo era proprio questo.

Olle viveva in una villetta di legno rossa a un paio di chilometri dalla scuola. Si erano trasferiti dalla città da due anni, prima che sua madre morisse. Adesso lui e suo padre vivevano soli. Non aveva fratelli, ma possedeva una collezione incredibile di autografi. Infatti era un cacciatore di autografi, uno di quelli veri. Olle non avrebbe mai avuto il coraggio di chiedere l'autografo a un personaggio famoso se l'avesse incontrato per strada, così scriveva. Centinaia di lettere fantastiche, accurate, melliflue, colme di ammirazione. Quando sedeva curvo sul foglio con la matita in mano, tutte le sue paure svanivano e la cosa più strana era che pur mentendo in maniera spudorata, si immedesimava a tal punto in quel che scriveva da arrivare a crederci lui stesso. Ecco quel che era capace di dire a uno scrittore famoso:

Caro Olav Steingrimsson,

sono qui seduta sulla mia sedia a rotelle, accecata dalle lacrime. Sono una vedova di 84 anni. Purtroppo sono quasi cieca e non posso leggere da sola le Sue poesie, ma quel ricciolino di mio nipote Olle Simonsen le legge per me. Devo dire che sono veramente belle. Lei è il mio poeta preferito. Le scrivo perché il piccolo Olle fa collezione di autografi. Se le dico che il ragazzo è la persona che ho più cara al mondo, non potrebbe, caro Olav Steingrimsson, mandargli il Suo autografo? Renderebbe felici due cuori, uno giovane e uno vecchio. Ho investito parte della pensione per comprare il francobollo e la busta e spero che Lei non voglia deludermi.

Ossequi

Aud Simonsen (84 anni)

P.S. Auguri per il premio Nobel che si merita davvero.

Oppure a un campione sportivo:

Caro Tormod Jonsen,

complimenti per aver conquistato il titolo di campione norvegese. VederLa saltare gli ostacoli è come vedere una pantera in corsa. È una forza della natura! Le confesso che un tempo anch'io volevo diventare un corridore a ostacoli. Lei non ha mai sentito il mio nome perché non sono mai arrivato alla linea di partenza. Scommetto che si domanderà il motivo. La risposta è semplice: doping! E secondo Lei chi mi ha costretto a prendere sostanze proibite? I miei genitori. Volevano farmi diventare un campione olimpionico, invece mi hanno ridotto a un relitto umano. Finché vivrò, non potrò mai più saltare un ostacolo. L'unica cosa che mi resta sono gli autografi dei veri sportivi, ed è per questa ragione che Le scrivo. Lei, Tormod Jonsen, è sempre stato il mio idolo. Se volesse mandarmi il Suo autografo, avrei qualcosa con cui consolarmi nei momenti in cui l'amarezza e lo sconforto prendono il sopravvento, e non sono pochi.

Caldi saluti sportivi.

Olle Simonsen (18 anni)

P.S. Le auguro di vincere quella medaglia d'oro che io non vincerò mai.

Scriveva metri e metri di queste lettere, ottenendo quasi sempre risposta. Le pareti della sua camera erano tappezzate di foto che aveva ricevuto da personaggi famosi di tutto il mondo e i cassetti del comò erano stracolmi di lettere con tanto di autografo e di parole di incoraggiamento. Questa passione rendeva felici sia lui che suo padre, che dal canto suo collezionava francobolli, lavorava in un ufficio ed era un fifone come Olle. L'unica cosa che li distingueva era l'età, per il resto erano molto simili: lo stesso colore di capelli, la stessa andatura a testa bassa e lo stesso tipo di occhiali. L'unica differenza era che Olle era magro e Mons Simonsen grasso. I colleghi lo chiamavano la Talpa. Olle non era al corrente di questo particolare, ma neanche suo padre sapeva che chiamavano lui Pappamolle.

Poi, tutto ebbe inizio durante la gita, o per meglio dire l'escursione in montagna, che il professor

Skog aveva presentato come una piacevole conclusione dell'anno scolastico durante l'ora di norvegese:

«Un passaggio verso l'adolescenza, dove i ragazzi diventano uomini e le ragazze donne».

«Con le tette e le mestruazioni» commentò Reidar a mezza voce, ma il professor Skog fece finta di non aver sentito perché era un uomo pacifico che tendeva a evitare conflitti.

«Le ragazze si sviluppano prima dei ragazzi» disse Ellen Christine.

«Ma sentila» protestò Per Espen. «Reidar ha i peli sia sopra che sotto, invece voi no».

Olle e alcune ragazze arrossirono, ma Ellen Christine non si diede per vinta. Guardò Per Espen con superiorità e rispose in modo beffardo:

«Per fortuna!»

«Non è vero, professore» continuò Per Espen, «che i maschi sono meglio?»

«Ci sviluppiamo in tempi diversi» rispose Skog con cautela.

«Ma non Reidar!» aggiunse Per Espen. «Ahi!»

Era seduto davanti al Reidar peloso sia sopra che sotto e fece un salto sulla sedia quando la punta di una matita gli perforò la schiena.

«Quando partiamo?» chiese Sigmund.

Olle gli lanciò un'occhiata piena di gratitudine. Era rimasto a testa china, temendo e aspettandosi che qualcuno gli chiedesse dove aveva i peli.

«L'ultimo fine settimana di maggio» rispose

il professor Skog. «Ho preparato un modulo di partecipazione che consegnerete ai vostri genitori, ma spero proprio che verrete tutti».

«Basta che non ci scappi un figlio» borbottò Reidar, ma per fortuna in quel momento suonò la campanella che indicava la fine delle lezioni.

Era venerdì pomeriggio e mancavano due ore alla partenza del pullman, in attesa davanti alla scuola. Sia Olle che il padre tremavano al pensiero della gita in montagna. Mons sapeva che avrebbe trascorso i tre giorni di lontananza del figlio nel costante terrore che Olle annegasse in un laghetto di montagna, si perdesse per sempre nelle nebbie o precipitasse in un burrone. Olle non sapeva esattamente di cosa avesse più paura: con ogni probabilità i piedi gli si sarebbero riempiti di vesciche, ma questo era il problema minore. Come sempre, entrambi facevano finta di niente.

«Andrete molto in alto?» chiese Mons.

«Sì» rispose Olle. «Penso di sì».

«Dove si arresta il bosco?»

«Molto più in alto, credo».

«Poveraccio chi soffre di vertigini» commentò Mons allegramente.

«Sì» commentò Olle. «Poveraccio».

Olle non aveva mai detto a suo padre che soffriva di vertigini. Non era necessario, lo stesso valeva anche per Mons. Non erano mai andati insieme in montagna e non erano mai saliti insieme su una torre. Ognuno nascondeva all'altro la propria paura e dal momento che tutti e due erano dei fifoni, non c'erano problemi. Mons aveva aiutato Olle a preparare lo zaino che assomigliava a un elefantino sovrappeso e adesso si stava asciugando il sudore dalla fronte.

« Credo che siamo riusciti a farci stare lo stretto indispensabile ».

Olle diede un'occhiata allo zaino stracolmo.

« Sembrerebbe ».

« Ricontrolliamo la lista » disse Mons. « Calzettoni di lana, maglietta di lana a maniche lunghe, mutandoni di lana, canottiera e mutande, camicie, maglioni, sciarpa, guanti, tuta imbottita, tuta da ginnastica, scarpe da ginnastica, stivali di gomma, giacca a vento e pantaloni impermeabili, costume da bagno, asciugamano, spazzolino da denti, dentifricio, pastiglie contro il mal di testa, cerotti, termometro, bende, vitamine all'olio di fegato di merluzzo, zanzariera, macchina fotografica, Shangai... Perché conoscendoti farai sicuramente una partitina a Shangai con i compagni, vero? »

Olle annuì.

« Una partita o due, certo ».

« Bussola, pigiama, occhiali da sole, occhiali di riserva, crema abbronzante fattore 10, corda... »

« Corda? »

« Vorresti andare in montagna senza una corda? Latte in polvere, fiammiferi... »

« Non fumo, papà ».

«Lo so, Olle. Soltanto per sicurezza».

«Casomai mi venisse voglia di fare un tiro?»

«Nel caso in cui fosse necessario accendere un fuoco».

«Ah, già».

«Fazzoletti, spray per il naso, cioccolato fondente, binocolo, sacco a pelo, pala...»

«Che me ne faccio di una pala?»

«Non si sa mai».

«Perché?»

«Nel caso in cui tu avessi voglia di scavare una buca per sotterrarti».

Olle guardò il padre severamente.

«Ti garantisco che non ne avrò voglia, papà».

«Se vi trovate in mezzo a una tempesta di neve».

«Non ci troveremo in mezzo a nessuna tempesta. Il professore ha detto che lassù non c'è neve».

«Allora la pala non ti serve» commentò Mons con sollievo dando a Olle un'amichevole botta in pieno petto «Mio figlio, il selvaggio della foresta».

Olle gli restituì la botta.

«Il mio papà preferito».

Anche se Olle e Mons non si confidavano quasi mai i loro sentimenti, erano grandi amici. Se Olle nascondeva a Mons le sue paure, era soltanto per impedire che contagiassero il padre. E Mons la pensava e si comportava esattamente allo stesso modo. La verità era che ormai i due si conoscevano come le proprie tasche. La cosa li univa ancora di più.

Mons aiutò Olle a infilarsi lo zaino in spalla.

«Pesa?»

Olle barcollò prima di trovare l'equilibrio.

«Un po'. Forse dovresti togliere il termometro».

Mons rise.

«Forse dovrei venire con voi come facchino».

Il tono di voce era scherzoso, ma Olle sapeva che quelle parole erano state pronunciate con la massima serietà. Si irrigidì.

«Non credo sia il caso, papà. Adesso sono grande, sai».

«Se lo dici tu».

«Con le tette e le mestruazioni».

«Cosa hai detto?»

«Voglio dire con i peli sopra e sotto».

«Cosa?»

Olle stava diritto come un fuso. Lo zaino pesava almeno una tonnellata. Sorrise a suo padre.

«Un'altra volta, papà. La prossima volta andremo in montagna insieme».

«Soltanto noi due?»

«Sì, soltanto io e te, papà, e ci arrampicheremo fino in cima!»

Mons Simonsen sorrise a sua volta. In realtà erano tutti e due molto tristi, ma nessuno di loro intendeva ammetterlo.

«È una promessa» disse Mons, dando nuovamente una bottarella a Olle.

Sotto il peso dello zaino, Olle rovinò a terra con fracasso.

«Olle! Ti sei fatto male?» si agitò suo padre.

Olle gli sorrise.

«*No problem*, papà, ma mi aiuteresti a portare lo zaino fino alla macchina?»

2

Davanti alla scuola l'umore dei ragazzi era alle stelle. Appena scese dall'auto, Olle ebbe la netta sensazione che tutti gli occhi fossero puntati su di lui. Alcune ragazze che avevano parlato ad alta voce fino ad allora presero a bisbigliare tra di loro. Quando aprì il bagagliaio della macchina, Mons fece il gesto di aiutare il figlio a infilarsi lo zaino, ma Olle scosse impercettibilmente il capo. Poi Mons lo abbracciò:

«Sii prudente, ragazzo mio».

Lo disse a bassa voce, ma a Olle sembrò che urlasse.

«Mi sono fatto dare il numero del cellulare di Skog» disse Mons. «Vuoi che ti telefoni stasera per augurarti la buona notte?»

«Per carità. Ti chiamerò io» mormorò Olle.

Mentre si piegava per prendere lo zaino, sentì una voce bisbigliare:

«Adesso vedremo qual è il record di sollevamento pesi categoria pappamolle».

Fu un fiasco. Olle si sforzò di sembrare immerso nei propri pensieri mentre si accucciava per infilare le braccia nelle cinghie dello zaino. Ma quando provò ad alzarsi, venne risucchiato all'indietro. Appoggiò un ginocchio per terra, piegò il busto in avanti e si raddrizzò lentamente. Era paonazzo. Alcuni applaudirono. Si girò lentamente e si mise a scrutare il cielo, cercando di sembrare felice del bel tempo. Poi, con le gambe rigide, si avviò piano piano verso il pullman dove si erano raccolti gli altri. Era il ragazzo più piccolo della classe, ma aveva lo zaino più grande.

« Hai portato il binocolo? » chiese Sigmund.

Olle annuì.

« Se il cielo è limpido, stasera ti mostrerò l'Orsa Maggiore » continuò Sigmund. « Che cosa hai nello zaino? »

« Soltanto lo stretto indispensabile ».

« Ehi, Pappamolle, ti trasferisci in montagna? »

Reidar si era avvicinato. Il suo zaino non sembrava pesare più di un paio di chili. Olle scosse la testa. Si sentì sprofondare sotto terra. Sigmund sorrise bonariamente a Reidar:

« E tu cosa ti sei portato, Reidar? Solo spazzolino e preservativi? »

Reidar cercò una risposta, ma non la trovò, così con un sorriso beffardo posò un braccio sulla spalla di Ellen Christine.

« Pensa di essere un duro, invece non è altro che un microbo » sussurrò Sigmund.

« Sì, lo penso anch'io » mormorò Olle a sua volta mentre si faceva aiutare da Sigmund a togliersi lo zaino. Sigmund non era suo padre e poi tanto, che importava ormai?

Salirono in pullman e Olle notò che Mika ave-

The Ear
mas en
perv-

va portato la chitarra. Questo voleva dire che avrebbero cantato, e cantare significava essere costretto a fare qualcosa controvoglia, come succedeva quasi con tutto.

Olle e Sigmund trovarono due posti liberi al centro del pullman.

'Quattro ore di canto forzato' pensò Olle. 'E circondato da nemici'.

Accompagnavano la classe in gita due insegnanti, Viktor Skog e Karianne Pedersen. Karianne era l'insegnante più popolare della scuola. Aveva quasi trent'anni, uno straordinario senso di orientamento e conosceva un mucchio di canzoni. Skog aveva superato la quarantina, suonava il pianoforte e cantava in un coro. Si preannunciava un lungo fine settimana.

Mika si sedette in prima fila. Erano partiti esattamente da otto minuti quando lei aprì la custodia della chitarra:

«*Un autista*» intonò «*un autista*
è un uomo con ottima vista
Perché se non ha un'ottima vista,
che razza di autista è?»

«*In gita*» continuò Karianne Pedersen, che sedeva accanto a lei «*in gita,*
si è allegri e pieni di vita,
Perché se non si canta
che razza di gita è?»

«Forza, tutti insieme!»

E tutti insieme cantarono:

«*In gita, in gita,*
si è allegri e pieni di vita».

«Tocca a te, Ellen Christine» incitò Karianne allegramente.

«*Col sole*» attaccò Ellen Christine «*Col sole...*»

E continuarono così a turno. Uno dopo l'altro composero una strofa che veniva ripetuta da tutti quanti in coro. Cantarono del sole, di uno spazzacamino, di un atleta, di un luna park, di un fotografo, di un piccolo principe, di uno scout e di molte altre cose. Alcuni trovavano le rime, altri ci provavano, ma bene o male tutti diedero il loro contributo. Olle si chiese per una frazione di secondo se si fossero allenati di nascosto e a sua insaputa. Tra poco sarebbe toccato a lui. Cercò febbrilmente qualcosa di cui cantare, ma il suo cervello era come un buco nero. Lanciò un'occhiata disperata in direzione di Sigmund che cantava:

«*Una molecola, una molecola,*
non può scindersi con la fecola.
Se può scindersi con la fecola,
che razza di molecola è?»

Olle chiuse gli occhi e fece cadere la testa in avanti avendo cura di fare finta di russare. Sigmund gli diede una gomitata nel fianco.

«Tocca a te, Olle».

Olle russò ancora più sonoramente, ma non servì a niente. Sigmund lo pizzicò sul braccio. Era il suo migliore amico, ma a volte qualcosa gli sfuggiva.

«Forza, Olle!» esclamò Karianne Pedersen a gran voce.

Nutriva le migliori intenzioni: era un'anima candida, convinta che cantare in coro avrebbe rafforzato il senso di solidarietà della classe, evitando così che qualcuno si sentisse escluso. Era troppo felice e ottimista per capire che invece questo poteva rendere i timidi ancora più timidi e i solitari ancora più soli.

«*Un autografo...*» esordì Olle piano con voce impastata. «*Un autografo*».

E poi fece scena muta. Non trovava una sola parola che facesse rima con autografo. Chiuse gli occhi.

«Benissimo, Olle» esclamò Karianne Pedersen a mo' di incoraggiamento.

Ma Olle era sul punto di svenire.

«Un autografo» sussurrò.

Finalmente Karianne Pedersen capì che aveva bisogno di aiuto. Lanciò uno sguardo d'incoraggiamento verso Olle che, piegato in avanti, aveva appoggiato la fronte sullo schienale del sedile davanti a sé e se ne stava seduto perfettamente immobile.

«*Un autografo!*» venne in aiuto Sigmund. «*Un autografo!*»

«*Un autografo*» lo seguì il coro di voci miste. «*Non è un fonografo!*»

Ecco fatto. Olle era ancora vivo e molti altri dovevano cantare prima di attaccare con la prossima canzone.

«*Un pappamolle, un pappamolle*» cantò Reider

«*Può solo chiamarsi Olle.*
Perché se non si chiama Olle,
che razza di pappamolle è?»

Karianne Pedersen strizzò l'occhio a Olle per cercare di coinvolgerlo nell'allegria generale. Olle le restituì il gesto strizzando entrambi gli occhi come a mostrarle che tutto andava a meraviglia e per trattenere le lacrime. In quel momento suonò il cellulare del professor Skog. Mika smise di suonare.

«Pronto? Cosa? Sì, sono io. Sì, tutto a posto. Cosa? Sì, l'umore è alle stelle. Sì, glielo dirò».

Spense il cellulare.

«Era il papà di Olle».

Olle si mise a guardare fuori dal finestrino, considerando l'opportunità di aprirlo e buttarsi di sotto.

«Ci ha telefonato per augurarci buon viaggio!»

Si levò tra i presenti un tiepido applauso. Mika ricominciò a suonare e Per Espen cantò:

«*Un cocco di papà, un cocco di papà*
gli manca elettricità!»

'Ora mi addormento' pensò Olle. 'Basta rilassare tutto il corpo e mi addormento'.

In effetti ci riuscì. La testa gli scivolò sulla spalla di Sigmund che stava meditando sui misteri dell'universo.

I compagni di classe cantarono le loro canzoni, si scambiarono ricordi di precedenti gite in montagna, raccontarono barzellette, litigarono, mangiarono cioccolato e patatine, giocarono agli indovinelli e chiesero continuamente quanto ci voleva prima di arrivare a destinazione. Olle era altrove. Si trovava a Beverly Hills, Hollywood, dove andava di villa in villa a raccogliere autografi. Arnold Schwarzenegger gli aveva appena offerto una centrifuga di carote quando il pullman si fermò e il professor Skog annunciò che erano arrivati.

3

S'era fatto buio. Il rifugio dove avrebbero trascorso la notte si trovava a 600 metri d'altezza. Il giorno dopo sarebbero saliti fino a una baita del Touring Club norvegese, 700 metri più in alto. L'escursione avrebbe richiesto più di quattro ore di marcia e Olle aveva deciso di non pensarci. Diede un'occhiata alla montagna: un'ombra bluastra che faceva da scudo al sole serale. Sulla cima riuscì a intravedere alcune macchie bianche. Probabilmente era neve o forse si trattava di piccoli ghiacciai con profondi crepacci. Qualsiasi cosa fosse, era un sinistro ostacolo che avrebbe dovuto superare, sprovvisto di pala per dissotterrarsi nel caso si fosse staccata una frana o una valanga. Esistevano così tanti tipi di valanghe o di frane: di terreno, di roccia, di neve, di ghiaccio. Comunque era certo che, indipendentemente da ciò che poteva accadere, lui si sarebbe trovato nelle vicinanze. Gli giunse un belato: probabilmente un lupo travestito da agnello. Ne aveva sentito parlare. Con la tenue speranza che gli venisse la febbre e potesse così rimanere nel rifugio anche il giorno dopo, seguì gli altri nella *reception* dove vennero accolti da una donna molto grassa e molto dolce che promise per cena trota fresca di montagna e dessert di prugne. C'era speranza che una lisca gli sarebbe rimasta conficcata in gola costringendolo al ricovero in un sicuro ospedale.

Vennero divisi in due camere. Le ragazze e Karianne Pedersen avrebbero dormito nella più grande, i ragazzi e il professor Skog nella più piccola. Sarebbero stati stretti, ma per fortuna nessuno dei compagni si era portato la chitarra: almeno questo. Olle seguì Sigmund nella camera da letto e si liberò con fracasso dello zaino: qualcosa doveva essere andato in frantumi. Il termometro? In quel caso il mercurio stava espandendosi liberamente nello zaino. Che iella. Olle lo aprì lentamente pronto a essere colpito negli occhi da un getto di mercurio. Il mercurio era una di quelle cose pericolose che potevano rimbalzare qua e là, ma no, non era il termometro: era la tazza che gli aveva regalato sua mamma: era la tazza bianca su cui lei aveva dipinto il nome Olle a caratteri rossi. Adesso si era rotta in tre grossi pezzi. Sul primo c'era la O, sul secondo LL e sul terzo E. Guardò tristemente i cocci.

«Il mondo si evolve dall'ordine al disordine» sentenziò Sigmund cupamente. «Ma credo che si possa incollare» aggiunse quando vide lo sguardo infelice di Olle.

«Non importa» mormorò Olle. «È una tazza molto vecchia».

«Puoi prendere in prestito la mia» aggiunse Sigmund. «Io posso usare il tappo del thermos».

«Aveva quasi la mia età» commentò Olle. «Credi che si tratti di un segno premonitore?»

Nove persone su dieci sarebbero scoppiate a ridere. Ma non Sigmund: lui sapeva che per Olle l'incidente significava essere destinato a fare la stessa fine della tazza. Fissò pensieroso i cocci.

«No, non credo, anche se non si può mai sapere. A ogni buon conto è meglio stare in guardia».

«Me l'aspettavo» disse Olle con voce opaca, apprestandosi a srotolare il sacco a pelo.

Quasi tutti gli altri avevano sacchi a pelo moderni. Abbastanza nuovi, e allo stesso tempo già usati, segno evidente che questa non era la loro prima gita. Olle aveva un sacco a pelo antidiluviano ma in compenso quasi nuovo. Mons ci aveva dormito dentro due volte il mese in cui aveva fatto parte degli scout, quasi trent'anni prima. Era pesante, grigio, a gobbe e con tanto di cerniera inceppata.

«Soltanto le mummie stanno dentro un coso così» commentò Per Espen che aveva ricevuto come regalo di Natale un Ajungilak blu.

«E tu cosa ne sai di mummie, Per Espen?» domandò Sigmund. «Oltre a quello che hai letto su *Topolino*?»

Per Espen non rispose. Era il ragazzo quasi più piccolo della classe e sapeva con chi non era il caso di fare il duro.

Olle, che aveva rinunciato a sbloccare la cerniera, decise di usare il sacco a pelo a mo' di coperta.

«Siete a posto?» chiese il professor Skog. «Olle, va tutto bene?»

«Sì, credo di sì» rispose lui.

Non gli si era conficcata nessuna lisca in gola, né aveva inghiottito trota a sufficienza per riuscirci. Aveva provato più nausea che fame e mangiato soltanto lo stretto indispensabile per passare inosservato. Dopo cena si erano riuniti tutti nella sala con il camino dove erano state impartite le istruzioni per il giorno dopo. Dopo una rapida cantatina, furono spediti a letto.

«Domani ci aspetta una lunga giornata» disse il professor Skog. «Sono le dieci e mezzo e avete bisogno di tutto il sonno possibile. Karianne e io rimarremo qui ancora un po' per pianificare l'escursione. Torneremo tra mezz'ora e allora non dovrà sentirsi volare una mosca».

Respinte undici proteste, la proposta a gran voce di una gara a quiz , quella più sottovoce di una mano di strip-poker, tutti augurarono la buona notte e si dileguarono per andare a lavarsi i denti e per rintanarsi nei rispettivi sacchi a pelo. Karianne Pedersen e il professor Skog ordinarono ognuno la propria bibita analcolica e si sedettero vicino alla finestra a guardare la montagna, la grande sfida dell'indomani.

FANNY
NORVEGIA

« Sharon Stone » sussurrò Viggo. « Sharon Stone ha le tette come due meloni. È apparsa su *Playboy* ».

« Ma la vuoi mettere con Melanie Griffith? » borbottò Per Espen. « Cosa daremmo per averla sotto le coperte, eh, Reidar? »

« È sposata con Don Johnson » commentò Reidar. « Non mi andrebbe proprio trovarmi nel letto anche Don Johnson ».

« Credo che abbiano divorziato » mormorò Viggo. « Mi sembra che ora Melanie Griffith sia libera sul mercato, per dirla così ».

« Ma quelli sono quasi tutti divorziati » mugugnò Leif Åge. » Si sposano, scopano e per finire divorziano di nuovo ».

I genitori di Leif Åge si erano appena separati e per questo si riteneva un esperto in materia di divorzi.

« Non Fanny Mortensen » disse Sigmund. « Non è mai stata sposata ».

« È vero » replicò Viggo. « Fanny Mortensen è molto schizzinosa. Ma credo che abbia avuto una storia con Michael Douglas ».

« Tutte hanno avuto una storia con Michael Douglas » sentenziò Reidar con sufficienza.

« Non Melanie Griffith » rispose Viggo. « Perché sta con Don Johnson. Se non sono già divorziati » aggiunse per precauzione.

« Paul Newman non si è mai separato » disse allora Per Espen. « È sempre stato sposato. E anche mio padre e mia madre ».

«Cosa vuoi dire con sempre?» domandò Sigmund.
«Per tutto il tempo, no!»
«Dai tempi del Big Bang?»
«Che bang?»
«L'origine dell'universo».
«Ma smettila!»
«Do dieci punti a Sharon Stone» proclamò Viggo. «E nove a Fanny Mortensen e otto a...»
Mentre i maschi della classe 6B della Scuola «Ruud» discutevano su chi fosse la più sexy delle stelle del cinema sposate, non sposate e divorziate di Hollywood, Olle sussurrò a bassa voce a Sigmund:
«Chi è Fanny Mortensen?»
«Non lo sai?»
«No, ma non dirlo a nessuno».
«Fanny Mortensen viene da Horten, ma abita a Hollywood. Recita in *Soldi e Potere*».
Soldi e Potere era un'interminabile soap opera americana che andava in onda tutti i mercoledì.
«Non l'hai mai vista?»
«No».
«Sono d'accordo con te. È una schifezza colossale, ma la trasmettono subito dopo *Le meraviglie dell'universo*. Ho visto un paio di puntate».
«E lei... è bella?»
«Sì, è bellissima, ma non credo che stia bene».
«Perché no?»
«Non so. Sembra triste, dietro tutto quel trucco. Ho una sua foto nel portafoglio».

«Come mai?»

«Non so» disse Sigmund con indifferenza. «Così per caso».

«Fammela vedere».

«Sì, ma se non la mostri agli altri».

Sigmund tirò fuori un pezzo di carta ripiegato e lo diede a Olle, che si immerse nel sacco a pelo e accese la torcia tascabile che teneva accanto a sé.

Fanny Mortensen era seduta sul bordo di una piscina. La sua pelle era bianchissima, i capelli erano biondo platino e le labbra rosso fuoco. Fissava Olle con degli occhioni azzurri come il bikini che indossava. Evidentemente era stata sorpresa dal fotografo perché, anche se il volto era rivolto verso la macchina fotografica, era seduta piegata all'indietro e con le spalle girate. Era appoggiata sulle mani. La bocca era socchiusa. Sorrideva, ma aveva allo stesso tempo un'espressione stupita, quasi spaventata, dipinta sul volto. Si vedeva un seno. Sull'altro lato della piscina c'era un tipo enorme in costume da bagno. Non aveva un aspetto molto tenero.

Olle deglutì e spense la torcia. Inspirò profondamente e la riaccese. Lei continuava a sorridere, ma gli sembrò più spaventata di prima. Il capezzolo era piccolo e rosso. Sicuramente non aveva più di 20 anni. Olle sentì la mano di Sigmund tirare la stoffa del sacco a pelo.

«Ridammi la foto».

Olle spense nuovamente la torcia e restituì al

suo proprietario la fotografia che « per caso » aveva ritagliato da una rivista.

« Le ho visto le tette ».

« Solo una ».

« Sì » sussurrò Olle. « Chi è il tipo sull'altro lato della piscina? »

« La sua guardia del corpo ».

Sigmund rimise la fotografia nel portafoglio e lanciò un'occhiata verso gli altri, che stavano discutendo animatamente se Julia Roberts meritasse tre o quattro punti. Potevano continuare a parlare indisturbati.

« Ha cercato di distruggere la macchina fotografica, ma il fotografo è riuscito a scappare. Quando hanno pubblicato la foto, Fanny Mortensen lo ha querelato ».

« Perché? »

« Secondo lei, lui ha turbato l'intimità della sua vita privata, ma ha perso la causa ».

« Significa che non ha nessuna vita privata? »

« No, secondo il giudice lei l'ha fatto di proposito ».

« Cosa? »

« Starsene lì seduta mezza nuda. Secondo il giudice era uno stratagemma per farsi pubblicità e lei aveva premeditato tutto ».

« In quel caso non avrebbe avuto un'espressione così spaventata ».

« Per il giudice anche questo era un trucco ».

« Allora il giudice non capisce niente » mormorò Olle.

« La penso anch'io così ».

« Se fossi stato il giudice, avrei proibito a quel fotografo di esercitare la sua professione finché campava » sussurrò Olle amareggiato.

Sigmund annuì nella semioscurità.

« La chiamano la Marilyn Monroe norvegese ».

« Chi è? »

« Un'attrice vissuta molto tempo fa. Era un *sex-symbol* anche lei. È morta all'età di trent'anni e più. Nessuno sa se si è trattato di omicidio o suicidio. Questo è un mondo crudele ».

« A chi lo dici » rispose Olle.

« E adesso, ragazzi, si dorme! »

Era il professor Skog che aveva terminato la bibita e la pianificazione. Si stava infilando nel sacco a pelo quando sentì qualcuno sussurrare:

« Tre punti ».

« Cosa? »

« Tre punti, professore ».

« Cosa intendi dire, Reidar? »

« Julia Roberts. Le abbiamo dato tre punti ».

« Julia Roberts ne sarà felicissima. Adesso dormiamo ».

Il rumore dei respiri di dodici ragazzi e di un adulto addormentati riempì presto la camerata, così nessuno sentì una voce provenire da sotto un sacco a pelo antidiluviano:

« Fanny Mortensen, dieci punti ».

Fanny si era addormentata sul bordo della piscina con la schiena appoggiata sulle piastrelle di marmo e i seni nudi che puntavano verso il sole infuocato. Non doveva essere molto comodo stare sdraiati in quella posizione senza il materassino di gommapiuma e la coperta. Per fortuna lui si era portato dietro il sacco a pelo blu dell'Ajungilak nuovo fiammante. Gli faceva molta pena perché sapeva che anche se era famosa in tutto il mondo, in realtà non era altro che una piccola *sex-symbol* spaventata che nessuno capiva tranne lui, che sapeva perfettamente come lei si sentiva. Era la sua guardia del corpo, ma anche il suo fratello maggiore. Anche lui un tempo era stato piccolo e aveva avuto paura. Le si avvicinò silenziosamente per non svegliarla. Con un rapido movimento della mano abbassò la cerniera del sacco a pelo. Un gioco da ragazzi con un sacco a pelo così. *A piece of cake*. Lo stese delicatamente su di lei mentre sussurrava:

«Non aver paura, Fanny. Ci sono qui io».

Un bagliore di luce più potente del sole gli esplose in pieno viso. Il fotografo! Quel maledetto fotografo che non li lasciava mai in pace.

«Dammi quell'aggeggio» ruggì.

«Cosa sta succedendo?»

Olle fissò il volto terrorizzato del professor Skog che dormiva nella cuccetta sotto di lui. Gli aveva disteso il sacco a pelo grigio addosso e stava per accarezzarlo sulla guancia.

«Pappamolle è sonnambulo, professore».

Era stato Reidar ad accendere la luce. Era in

piedi accanto alla porta, paonazzo in volto per lo sforzo di non scoppiare a ridere. Olle ritirò velocissimo la mano.

«Pappamolle?»

«Intendevo dire Olle, professore».

Adesso erano tutti svegli. Il professor Skog sembrava alquanto confuso.

«Non sapevo che tu fossi sonnambulo, Olle».

Olle non rispose. C'era soltanto una cosa da fare, fare finta di stare ancora dormendo. Lentamente, con movimenti da sonnambulo, riprese il sacco a pelo e si diresse verso la porta.

«Aiuto, un fantasma!» mormorò Per Espen estasiato, ma Sigmund pose freno alle risate:

«Shh! Non dovete svegliarlo».

«Perché no?» chiese Viggo. «Non può mica andare in giro così tutta la notte».

«Se svegli uno che è sonnambulo, gli puoi causare uno shock».

Olle sentì che Sigmund lo stava prendendo delicatamente per un braccio per aiutarlo a ritornare al suo posto.

«Bene, Sigmund» sussurrò il professor Skog. «Lo terremo d'occhio».

«Lo affidi a me» mormorò Sigmund mentre aiutava Olle a infilarsi nel sacco a pelo.

«Come hai fatto a tirare su la cerniera?» bisbigliò un po' più tardi quando gli altri si erano riaddormentati.

«Ho sognato semplicemente di farlo» rispose Olle, sussurrando a sua volta.

« Me l'ero immaginato. I sogni possono essere più reali della realtà stessa ».

« Sì » confermò Olle. « Conto proprio su questo ».

Quattro ore dopo la sveglia del professor Skog suonò. Erano le sette e mezzo e Olle non aveva la minima idea se avesse dormito o no.

4

«Ma questo ponte è strettissimo, professore!» esclamò Per Espen.

In marcia per raggiungere la baita, si trovavano davanti al primo ostacolo: un torrente impetuoso che per Olle assomigliava più a un fiume. Su tutte e due le sponde c'erano dei sassi enormi, resi perfettamente lisci dal continuo scorrere dell'acqua verdastra.

'Perfetti per scivolarci sopra' pensò Olle, che, a dire il vero, era quasi di ottimo umore. Stranamente la colazione era filata via in modo indolore. Nessuno aveva nominato l'episodio della notte precedente. Alcune compagne di scuola lo avevano guardato in modo un po'strano, ma tanto lo facevano sempre.

Un'ipotesi plausibile era che il professor Skog avesse raccomandato a tutti di non prenderlo in giro in modo da non procurargli un trauma; l'altra, che erano talmente impazienti di mettersi in cammino che avevano dimenticato tutto.

Lo zaino era molto più leggero del giorno prima. Su suggerimento di Sigmund, Olle aveva lasciato al rifugio le cose meno indispensabili: praticamente quasi tutto. L'escursione lo angosciava ancora, ma la sensazione di catastrofe si era fatta meno opprimente.

« Non è un ponte, è un'asse » puntualizzò Mika con soddisfazione, per poi aggiungere con noncuranza: « Vado io per prima ».

Per Mika era facile. Faceva ginnastica artistica ed era abituata a stare in equilibrio sulla trave. Per giunta, aveva degli scarponcini da montagna che rimanevano come incollati anche sull'asse più scivolosa. Mise un piede sull'asse ed eseguì in volo una spaccata. Le ragazze esultarono. Olle si morse la lingua: aveva dei banali stivali di gomma fino al ginocchio e non faceva ginnastica artistica.

Aveva deciso che non avrebbe attraversato il torrente per ultimo, ma neanche per primo. Come numero dodici o quattordici, prima di Sigmund, sarebbe stato perfetto per passare inosservato.

Reidar si era tolto gli scarponi.

« Posso guadare il ruscello, professore? »

« No » rispose il professor Skog. « La corrente è troppo forte. Potresti scivolare sui sassi ».

'Ed esser spazzato via dalla corrente' pensò Olle. 'Essere trascinato, in balia delle acque, verso la cascata e poi addio per sempre...'

Adesso toccava a lui. Appoggiò con cautela un piede sull'asse. Sembrava quasi che il ruscello stesse aspettando proprio lui. Rimbombava più che mai. Era sicuramente il mostro Nokken: qualcuno l'aveva avvisato che la pappa era in arrivo e stava venendo a prendersela. Olle aveva sì un po' paura, ma riusciva lo stesso a conservare il buon umore e a scherzare con se stesso anche nei momenti di pericolo.

'Basta pensare a qualcos'altro' continuava a ripetersi.

Pensare a qualcos'altro e a dove mettere i piedi contemporaneamente. Il segreto era tutto lì. Ancora tre passi e sarebbe stato in salvo sulla salda roccia, o in pericolo su un sasso insidioso, a seconda dei punti di vista.

«Non sei superstizioso, vero Pappamolle?» urlò Per Espen, che aveva appena raggiunto sano e salvo la riva opposta e sembrava molto soddisfatto della sua prestazione.

'Ancora due passi' pensò Olle.

«Sai, sei il numero tredici».

Superò il guado spiccando il volo! Il balzo di una tigre. Il record del mondo di salto in lungo da fermi. Atterrò sulla pancia e si avvinghiò al sasso come una piovra. Una mano andò a sbattere contro qualcosa di tagliente: presto avrebbe cominciato a sanguinare.

«Cosa ti è saltato in mente?» domandò il professor Skog.

«Io... mi è venuta voglia di saltare».

«Devi essere più prudente, figliuolo».

Dopo essersi rialzato lentamente, Olle si guardò di nascosto la mano. Come pensava: dal palmo usciva qualche goccia di sangue. Notò che nessuno era scoppiato a ridere. Al contrario i suoi compagni di classe lo guardavano con aria allibita, come se lo vedessero improvvisamente sotto un'altra luce. Non ne capì il motivo prima che Karianne Pedersen commentasse:

«Ma allora sei un piccolo selvaggio, Olle».

«No» rispose Olle timidamente. «Mi piace saltare, tutto qui».

Avevano superato il punto dove finivano gli alberi. Olle camminava insieme a Sigmund lungo lo stretto sentiero in terra battuta che si inerpicava sul fianco della montagna come una cicatrice marrone. Su entrambi i lati del sentiero c'erano dei sassi: sembravano appena franati dalla cima. Ma Olle non aveva paura: adesso era un selvaggio, il saltatore della morte. Ora aveva una reputazione da difendere, magari falsa, ma una reputazione era sempre una reputazione. Guardò di nascosto il fazzoletto che stringeva tra le dita. La macchia rossa non era grande e la mano aveva smesso di sanguinare. Dietro di loro c'era soltanto il professor Skog, pronto a intervenire se fosse successo qualcosa. Ma niente sarebbe accaduto finché Olle non si fosse girato per guardare di sotto. In quel caso gli sarebbero venute le vertigini e allora sì che sarebbe potuto accadere di tutto. Ma Olle non guardava in giù, guardava in alto, dove era impossibile cadere.

« Sei sonnambulo, Pappamolle? »

Era Reidar che urlava da almeno cento metri più in alto. Che bella l'eco, soprattutto quando rispose: « Sonnambulo, Pappamolle! »

Ora si trattava di conservare la buona reputazione che si era guadagnato prima che ritornasse a essere cattiva. Olle abbassò la testa, strinse i denti e, abbandonando, il sentiero, cominciò a correre tra l'erica, inerpicandosi di traverso su per la montagna. In lontananza sotto di lui sentì il professor Skog gridare:

« Olle! »

E la montagna rispondere: « Olle! »

Avvertì in bocca un sapore di sangue, ma non si fermò. Teneva lo sguardo fisso per terra mentre saliva di corsa su un tappeto fatto di verde, rosso, viola, rosa, bianco e giallo: trifogli e anemoni delle Alpi, betulle nane ed erica, erba e foglie. Guardò in alto. Un masso enorme troneggiava grande come una casa sopra la sua testa: perfetto da scalare per un selvaggio che voleva godersi la natura.

« Aspetta! »

Era Sigmund. Olle cominciò ad arrampicarsi sul masso.

'Raggiungimi' pensava. 'Ti prego raggiungimi!'

Era in piedi sul masso con le spalle girate a valle e lo sguardo rivolto verso l'alto.

'Vieni! Ti prego, vieni prima che mi giri!'

« Si può sapere cosa stai combinando, Pappamolle? »

Sigmund era salito a sua volta sul masso e lo fissava con occhi sbarrati, impauriti. Olle non l'aveva mai visto così: soltanto i veri amici potevano avere un'espressione simile.

« Ti scongiuro » mormorò con un filo di voce, « ti supplico, non chiamarmi Pappamolle ».

Sigmund gli passò un braccio sulle spalle.

« Non lo farò mai più, Olle ».

Olle gli sorrise.

« Sono salito fin qui da solo. Hai visto? »

Sigmund annuì. Sembrava fosse sul punto di mettersi a piangere.

« Sì, ho visto ».

« Volevo godermi il panorama, sai. È per questo che l'ho fatto ».

« Non guardarlo » rispose Sigmund. « Non è necessario ».

« Cosa diavolo state combinando voi due? »

Era il professor Skog. Rosso in volto, aveva il fiatone e un'espressione poco benevola dipinta in faccia.

« Non bisogna scherzare con la montagna. Non c'è bisogno che vi dica che dobbiamo stare uniti ».

« Ma è quello che stiamo facendo, professore » rispose Sigmund facendo una leggera pressione con il braccio sulle spalle di Olle prima di levarlo.

« Volevo soltanto guardare il panorama » disse Olle.

« Capisco » replicò Skog, « ma è il caso che tu freni un po' la tua sete di avventura ».

Olle annuì e il professor Skog, che non voleva passare per un insegnante severo, gli strizzò l'occhio.

«Però devo ammettere che da qui si gode una vista magnifica. Guarda che bello questo anemone delle Alpi».

«*Pulsatilla vernalis*» commentò Sigmund.

«Naturalmente» aggiunse il professor Skog. Anche lui aveva una reputazione da difendere e non voleva che i suoi allievi scoprissero che non conosceva il nome latino. «Non è bella la *pulsatilla,* Olle?»

Olle si girò e guardò giù lungo il fianco della montagna.

«Sì» farfugliò mentre si metteva a sedere sul masso, dove rimase sdraiato a fissare il cielo che girava come un frullino. «La *pulsatilla* è proprio bella».

Davanti al bivacco era seduta una coppia sulla ventina. Avevano il viso color nocciola, i denti bianchissimi e un sorriso a ventiquattro carati. Sembravano appena usciti da uno *spot* pubblicitario sull'alpinismo. Lui fumava in modo posato la pipa mentre studiava una cartina. Lei prendeva il sole. Olle si chiese se fossero loro i proprietari del bivacco, ma quando aprirono bocca, dissero in danese che erano turisti e che desideravano fare la traversata del ghiacciaio.

«Professore, non possiamo andarci anche noi?» chiese Mika.

«No» fu la sua risposta. «Mi sembra che per oggi basti così. Prima mangeremo un boccone e poi Karianne ed io prepareremo il percorso per la gara di orientamento».

«Ma è roba da poppanti» borbottò Reidar. «La traversata del ghiacciaio, quella sì che è che è roba da duri».

«Ed è anche molto più pericolosa» precisò Karianne Pedersen.

«Mio zio ne ha fatte mille di traversate dei ghiacciai» intervenne Per Espen. «Ha detto che è un'esperienza da brivido».

«Ma tu no, Per Espen» rispose Karianne Pedersen. «Tu non hai mai traversato un ghiacciaio».

«No» continuò Per Espen, «ma la cosa mi attira».

«Allora ti toccherà aspettare fino a quando sarai un po' più grande» concluse il professor Skog.

Olle non avrebbe saputo dire se la colpa era dell'aria di montagna che lo stordiva, del sollievo che provava per essere riuscito a salire fin lassù senza che nessuno (tranne Sigmund) avesse scoperto che soffriva di vertigini, o semplicemente perché era un idiota, fatto sta che gli scappò detto la cosa più stupida del mondo. Gli uscì di bocca come se si trattasse di una frana che non riusciva a fermare.

«Io ho traversato un ghiacciaio» disse a voce così alta che tutti, anche i danesi, lo sentirono.

«Davvero, Olle?» esclamò il professor Skog, un po' sorpreso. «Allora sai che non è uno scherzo».

A quel punto Olle avrebbe voluto rimanere in silenzio, ma la frana continuò la sua corsa.

« Sì, bisogna conoscere la montagna, se no sono grane ».

« Sono solo balle » disse Per Espen.

« Se tu hai traversato un ghiacciaio, io sono Reinold Messner » sbottò Viggo.

« Io e papà facciamo la traversata di un ghiacciaio ogni estate » continuò Olle mentre cercava di inghiottire la lingua.

« Magnifico, Olle » disse Karianne Pedersen. « Allora puoi tenere una piccola conferenza per noi sull'argomento ».

« Conferenza? »

« Sì, su come si traversa un ghiacciaio ».

« E quando? »

« Stasera » si intromise Ellen Christine, « prima di cantare ».

« Una buona idea » commentò il professor Skog.

Olle avrebbe voluto dire che aveva bisogno di tempo per prepararsi, ma le occhiate sprezzanti dei suoi scettici compagni di classe fecero sì che la frana continuasse nel suo cammino.

« Per me va bene » disse. « Posso parlare un po' della mia esperienza ».

« Allora è deciso » concluse il professor Skog che, dopo aver salutato i danesi con un cenno del capo, entrò nella baita.

La baita non era grande come il rifugio. Inoltre non c'era nessun donnone gentile e ben in carne a servire trota e dessert di prugne, ma una credenza piena di roba in scatola, bibite e cioccolato che si potevano prendere dietro pagamento: bastava infilare i soldi in un contenitore di latta appeso a una parete. Poi c'erano una cucina vecchio stampo per far da mangiare e della legna accatastata in una cassa. Dietro il bivacco scorreva un ruscello dove si poteva andare a prendere l'acqua limpida e ghiacciata di montagna con un secchio appoggiato sulla parete esterna. Il sentiero passava accanto al rifugio e si snodava tra la terra marrone e le chiazze bianche di neve, fino ad arrivare al ghiacciaio, che si ergeva simile a un cielo azzurrognolo e ghiacciato.

La gara di orientamento si svolse a gruppi di quattro. Il gruppo di Olle vinse alla grande grazie a Sigmund che sapeva sia il nome latino che quello norvegese di un gran numero di fiori e di tipi di licheni: nigritella, dente di cane, colchico, arnica, potentilla, sassifraga, o come diavolo si chiamavano. Il pensiero che prima che il giorno finisse, avrebbe dovuto tenere la sua grande conferenza sulla traversata dei ghiacciai, feci sì che Olle non riuscì a godersi la vittoria. Mancavano ancora alcune ore prima del suo esordio e le lancette dell'orologio scorrevano stranamente lente e veloci allo stesso tempo: ogni secondo equivaleva a un'eternità e ogni ora a un secondo.

Il professor Skog appoggiò la tazza di caffè sul grande tavolo di legno.

« Bene, ragazzi » esordì, « adesso Olle vorrà sicuramente cominciare ».

Un silenzio carico di attesa scese nella baita.

« A te la parola » disse il professor Skog.

Olle si alzò. Vacillò leggermente mentre sentiva la lingua crescergli in bocca.

« La traversata di un ghiacciaio » cominciò, « è una... specie di traversamento di un ghiacciaio ».

Si fermò mentre fissava disperato i compagni di classe. Alcuni si erano armati di carta e matita per prendere appunti, altri se ne stavano semplicemente seduti sapendo che tanto avrebbe fatto una figura da idiota. Né il professor Skog né Karianne Pedersen erano in grado di capire cosa stava succedendo: loro lo credevano un selvaggio, un profondo conoscitore della montagna e un duro. Perlomeno era quello che avrebbero voluto credere visto che si domandavano da tempo cosa passasse nella mente di quel timido ragazzino che difficilmente spiaccicava parola durante le ore di lezione.

« Quando si traversa un ghiacciaio, è importante coprirsi bene ».

Sigmund tossì. Era un segnale segreto? Aveva detto qualcosa di sbagliato?

« A meno che non splenda il sole » proseguì lentamente, « perché in quel caso non è così importante essere ben coperti ».

« E gli stivali di gomma? » domandò Reidar.

Qualcuno sogghignò. Era di sicuro Ellen Christine.

«Con i chiodi!» mormorò Olle. «Stivali di gomma chiodati».

Fu la risata di Per Espen a mettere in moto tutto. Le parole cominciarono a sgorgare dalla bocca di Olle, prima balbettanti e sconnesse:

«Quando papà e io abbiamo traversato un ghiacciaio l'anno scorso... faceva... molto freddo... Tirava un ventaccio tale... che ci fu un uragano».

Qualcuno fischiò. Sapeva che era un segnale di pericolo, ma non se ne curò: ora era in ballo.

«Sì» continuò a voce alta. «Il record degli uragani!»

«Il record degli uragani?» sussurrò Mika.

Olle continuò.

«Papà e io valutammo con un'occhiata il ghiacciaio. In quel momento ogni consiglio utile... valeva oro. Arrivò la nebbia...»

«Da dove arrivò la nebbia?» chiese Viggo.

«Arrivò... arrivò... dall'alto!»

«Ne ero certo» commentò Viggo, che era uno di quelli che prendeva appunti.

«Shh!» zittì il professor Skog.

«La nebbia scendeva dall'alto» riprese Olle. «Le tracce che avevamo lasciato con gli sci, erano di nuovo coperte di neve. Che fare? Tornare indietro?»

«No!» urlarono quattro ragazzi e tre ragazze in coro.

«No!» urlò Olle a sua volta. «Noi... noi... non facemmo dietrofront! Noi continuammo! Continuammo lungo il ghiacciaio!»

Cercò di fermarsi, ma era impossibile. Le parole fluivano sempre più velocemente. Non aveva idea di cosa stesse dicendo: non era lui a parlare. Tutto veniva da sé, seppellendo i suoi pensieri sotto una gigantesca frana fatta di assurde fantasie e mostruose bugie.

« Il rifugio era sull'altro versante della montagna, la salvezza. Piegati in avanti proseguimmo. Il ghiacciaio era scivoloso come una pista da pattinaggio! »

Tirò il fiato. Nella stanza non volava una mosca. In quel momento la porta si aprì: erano i danesi, stanchi, ma soddisfatti. OK, lasciateli entrare! Tanto due ascoltatori in più o in meno non avrebbero fatto nessuna differenza.

« Ci lanciammo in scivolata lungo il ghiacciaio con il vento in poppa mentre ridevamo di gioia. Fu un'esperienza magnifica a contatto con la natura ».

Questo era il suo pane: era come scrivere una lettera con una richiesta d'autografo. Tutto gli veniva spontaneamente, si trattava soltanto di lasciarsi andare.

« Che la traversata dei ghiacciai potesse essere rischiosa, lo sapevamo già, ma la cosa in assoluto più pericolosa sono i crepacci. Sì, i crepacci sono il peggior nemico di chi attraversa un ghiacciaio. E cosa vedemmo in lontananza? »

« Un crepaccio » sussurrò Per Espen con voce strozzata.

« Sì! » gridò Olle. « Un crepaccio talmente profondo che... più profondo non si può! E papà e io stavamo scivolando proprio in quella direzione! Ohi, come si andava! »

Non sapeva perché avesse gridato proprio « Ohi, come si andava »: in effetti non c'entrava proprio niente, ma ora non aveva alcuna importanza.

« Sì » urlò. « Ohi e ohi, come si andava! Ora sì che i consigli preziosi valevano oro, anche questa volta. Pesavo meno di mio padre e avevo acquistato maggiore velocità di lui, per questo stavo scivolando più rapidamente. Il crepaccio si avvicinava. Ohi, come si andava! Credevo fosse arrivata la mia ultima ora, ma... ma... sentii all'improvviso dietro di me un colpo di pattini: era papà. Sapete, ha fatto pattinaggio di velocità su ghiaccio e in quel momento questa sua passione tornava proprio utile. Io cercavo di frenare, intanto l'uragano era cresciuto fino a diventare un... megauragano! Chiusi gli occhi e proprio quando credevo fosse arrivata la mia ultimissima ora, papà riuscì ad agguantarmi lo zaino. Fui trascinato all'indietro grazie alla sua forza mostruosa. Rotolammo verso il crepaccio del ghiacciaio e ci fermammo giusto a un metro dalla voragine nera! »

Olle chiuse la bocca. Gli ronzava la testa: era come se stesse tenendo la sua conferenza nel bel mezzo di un sogno. Il pavimento gli ondeggiava sotto i piedi.

'Sono solo io che cammino nel sonno' pensò.

'Non devo svegliarmi adesso, potrei subire uno shock'.

Aprì la bocca. Non gli venivano più parole. Fissò i volti che lo circondavano: sembravano congelati, trasformati in maschere di ghiaccio. In quel momento il ghiaccio cominciò a sciogliersi.

'Non scioglierti' pensava. 'Ti prego, non scioglierti!'

« E poi cosa è successo? » chiese la danese, che fu la prima a sciogliersi.

« Poi tornammo a casa » disse Olle piano. « E poi... concordammo sul fatto che era stata una magnifica gita ».

In quell'istante suonò il cellulare del professor Skog.

« È tuo padre, Olle » disse lentamente. « Voleva sapere come stavi ».

« Sto bene » rispose Olle prima di svenire.

C'era una camera in più nella baita. A dire il vero i danesi avevano pensato di dormirci, ma l'avevano lasciata a Olle, e loro si erano sistemati con gli altri, pigiati come acciughe. Nessuno l'aveva preso in giro, tutti erano rimasti in silenzio quando il professor Skog lo aveva accompagnato nella stanza. La cosa gli sembrava strana: più colossali erano le sue figuracce, meno lo prendevano in giro. Ma sì, forse pensavano che fosse impazzito. I matti possono essere pericolosi. Magari lo era anche. Pazzo furioso, imprevedibile e pericolosissimo. Una bomba a orologeria che poteva esplodere da un momento all'altro. Si mise a fissare il soffitto e a contare le fenditure delle travi. Ce n'erano tante e sicuramente sarebbero aumentate di numero con il passare degli anni. Alla fine sarebbe ceduto il tetto, forse sarebbe successo quella notte stessa. Mentre dormiva. «Il mondo si evolve dall'ordine al disordine» aveva detto Sigmund, e Sigmund non aveva l'abitudine di dire bugie, come invece faceva lui. Ma non mentiva di proposito, lo faceva per sopravvivere.

«Trentuno» contava, «trentadue, trentatré».

La porta si aprì. Chiuse gli occhi e si mise a russare.

«Olle!»

Era Sigmund.

«Come va?»

Olle aprì gli occhi.

«Bene».

«Non hai bisogno di raccontare bugie a me».

«Credi che sognare sia la stessa cosa che mentire?»

Sigmund lo guardò con espressione incerta.

«Non saprei. Dipende sicuramente da cosa sogni».

«Sogno che tutto sia diverso».

«Allora non è dire le bugie, ma sperare».

«Come sei intelligente, Sigmund».

«Sì» rispose Sigmund serio. «A volte mi chiedo se non sono un genio».

«E ti vanti come me».

«Non è vantarsi: è la realtà».

Si diresse verso la finestra per guardare fuori.

«Riesco a vedere Sirio».

Olle si alzò dal letto.

«Dove?»

«Là. Quella stella che brilla così intensamente. Ma la luce che vediamo, non splende in questo istante. Ci ha messo più di otto anni per arrivare fino a qui. Quella che vediamo è Sirio di molto tempo fa».

«Come vorrei essere lassù ora» disse Olle.

«Dove?»

«Su Sirio. Molto tempo fa. Stanno dormendo?»

«Sì».

«Mi era sembrato di sentire qualcuno ridere».

«È da sciocchi ridere».

«Io non rido» precisò Sigmund.

«No» rispose Olle, «soltanto perché tu sei un genio».

Andò a sdraiarsi nuovamente nel letto a castello. Sigmund si diresse verso la porta. Mentre stava per lasciare la stanza, si girò.

«C'è qualcosa che posso fare per te?»

«Potresti distruggere il cellulare del professor Skog».

«Questo no».

«Allora potresti procurarmi l'indirizzo di Fanny Mortensen».

«Perché?»

«Così. Mi chiedevo solo dove abitasse. Ce l'hai?»

«Sì, è annotato sotto la foto, così i suoi ammiratori le possono scrivere».

«Io sono un suo ammiratore» concluse Olle.

Sigmund annuì.

«Anch'io. Per caso».

Cara Fanny Mortensen,

sono un alpinista e miliardario norvegese. In questo momento mi trovo tutto solo in un rifugio di montagna, costretto a stare a letto dopo essere precipitato nel crepaccio di un ghiacciaio da cui sono fortunatamente riuscito a tirarmi fuori. Mi si sono congelate alcune dita dei piedi, ho rotto qualche costola e mi sono graffiato qua e là, comunque le mie condizioni di salute non sono preoccupanti. Ho contattato la Croce Rossa con il cellulare e sono sicuro che saranno qui nel giro di qualche ora. Il motivo per cui Le scrivo è che qui al rifugio ho trovato una rivista dove ho letto della disavventura che Le è capitata. Devo dire che La capisco. Se fossi stata io la Sua guardia del corpo, avrei scaraventato il fotografo nel crepaccio più vicino. Voglio che Lei sappia che ci sono molti alpinisti norvegesi che pensano a lei, che Le sono vicini e vorrebbero la Sua felicità. Mentre Le scrivo, voglio anche confidarLe che ho un hobby speciale: colleziono autografi. Forse penserà che sia una cosa strana, ma come miliardario incontro molte persone affascinanti. Fare collezione di autografi è un passatempo interes-

sante per un miliardario scapolo. Sa, non sono sposato. La montagna e gli affari occupano tutto il mio tempo. Io sono, come capirà, un solitario, proprio come Lei, cosa che posso intuire dai Suoi occhi. Ma non tema, Fanny Mortensen, un giorno incontreremo sicuramente la persona giusta, io e Lei.

Cordiali saluti dalle montagne norvegesi e da Olle Simonsen, miliardario.

P.S. Se questa lettera Le sembra un po' strana e infantile, è perché ho subito una piccola commozione cerebrale quando sono caduto nel crepaccio del ghiacciaio. Stranamente questo mi fa sentire un ragazzino, cosa che noterà sicuramente sia dalla scelta delle parole che dalla calligrafia.

Quando si svegliò, teneva ancora la penna in mano. La lettera era caduta per terra. La raccolse e la infilò in una busta senza leggerla perché allora se ne sarebbe pentito. Voleva imbucarla non appena fossero rientrati al rifugio.

Scendere fu peggio che salire perché era obbligato a guardare in basso. Camminava con le gambe rigide, a passi microscopici e con la testa abbassata mentre fissava il terreno. Un metro alla volta: meno di così non era possibile. Arrivato finalmente a destinazione, raccolse le sue cose, imbucò la lettera e salì sul pullman insieme agli altri. Rimase seduto in silenzio, limitandosi ad ascoltare gli altri cantare. Godeva di una pessima reputazione e aveva i crampi a tutte e due le gambe. Risentiva della lontananza di Sirio e lo spaventava il pensiero della vita che aveva davanti.

5

Mancava una settimana alle vacanze estive, ma Olle non voleva più andare a scuola.

« Scotto » disse.

« Sarà il caso di telefonare immediatamente al dottore » rispose Mons mentre fissava inorridito il termometro che Olle aveva scaldato fino a segnare 42 gradi.

« Non è necessario » continuò Olle. « È solo un po' di febbre ».

« Ma certo, sarà una sciocchezza » disse suo padre, precipitandosi a telefonare.

Quando arrivò il medico, la febbre era scesa a 36,9.

« Il ragazzo è sano come un pesce » sentenziò. « Deve esserci qualcosa che non va con il termometro ».

« Speriamo » mormorò Olle, sorridendo debolmente al padre.

Dopo che il medico se ne fu andato, Olle cominciò a vestirsi. Il padre lo osservava con apprensione.

« Come stai, figliolo? »

« Bene » rispose Olle, lasciandosi cadere sul letto. « Mi gira un po' la testa ».

«Ti accompagno a scuola in macchina».

«Non è necessario, papà. Tanto non sverrò prima di essere entrato in quell'aula superriscaldata».

«Non vuoi andare a scuola, vero Olle?»

«No, papà, mai più».

«Perché no?»

Si guardarono per quattro interminabili secondi: Olle sapeva che non aveva bisogno di rispondere. Mons gli accarezzò la testa con movimenti impacciati.

«Andrà tutto bene, vedrai».

«Quando?»

«Alla fine».

«No, papà, alla fine andrà orrendamente».

Mons guardò tristemente il figlio. Avrebbe voluto dirgli qualcosa di incoraggiante, ma non gli venne in mente niente.

«Non avrei dovuto telefonare, vero?» disse piano.

«Non importa».

«Ti hanno preso in giro perché ti ho chiamato?»

«No. Tu hai telefonato perché mi prendono in giro».

Mons si frugò nelle tasche alla ricerca delle sigarette che aveva smesso di fumare sei mesi prima.

«Cosa vuoi che faccia, Olle?»

«Rimani qui con me, papà».

Mons cominciò a piangere.

« Non c'è pericolo, papà » disse Olle con un filo di voce. « *Tu* sei qui ».

« Devo andare a lavorare ».

« Telefona e dì che... ti fischiano le orecchie ».

« Come facevi a saperlo? »

« Ho indovinato » rispose Olle. « Giochiamo a Scarabeo? »

Sigmund arrivò alle sei e mezzo per sapere come andava. Olle rispose che stava benissimo e che era dovuto rimanere a casa per curare suo padre, che aveva avuto un attacco acuto di fischi alle orecchie. Sigmund annuì cupamente.

« Spero che non le debbano perforare il timpano, signor Simonsen » commentò.

Mons rispose che adesso si sentiva molto meglio e che Olle sarebbe andato a scuola l'indomani.

« Ogni cosa a suo tempo » sentenziò Olle. « Possiamo mangiare un gelato, papà? »

« Potete mangiarne anche due. Sigmund, come va a scuola? »

« Bene, grazie, la gioventù sembra divertirsi, signor Simonsen ».

Mons lanciò a Sigmund un'occhiata incerta: non era mai del tutto sicuro se il ragazzo lo prendesse in giro o se fosse semplicemente il suo modo di fare: comunque, riusciva sempre a metterlo a disagio. Ma forse Olle aveva bisogno proprio di un amico così.

«Vado a prendere i gelati» borbottò mentre spariva in cucina.

«Oggi ho fatto a botte» disse Sigmund, sorridendo a Olle.

«E con chi?»

«Reidar».

«Grazie».

«Figurati. È stato Reidar a cominciare».

«Ah sì?»

«Mi ha chiamato professorino».

«Che infame».

«Sono andato a spifferare tutto al preside».

«Hai fatto bene».

«Sì, non sono il tipo da tollerare tutto».

«Neanch'io» aggiunse Olle.

«Vuoi cenare con noi, Sigmund?» domandò Mons di ritorno dalla cucina.

«Molte grazie, signor Simonsen. Stasera in TV c'è *Le meraviglie dell'universo*. Un programma interessante».

«Non ne dubito» borbottò Mons mentre distribuiva a ognuno un gelato al cioccolato.

«Molte grazie, signor Simonsen» rispose Sigmund. «Anche il gelato al cioccolato è buono».

«Cosa vorresti dire con anche?»

«Sì, se non c'è a portata di mano quello alla fragola».

«C'è» replicò Mons, che cominciava a irritarsi. «Ho un gelato alla fragola... a portata di mano. Vado a cambiarli».

«Non è necessario, signor Simonsen. Stavo soltanto scherzando».

«A quanto sembra, scherzi spesso, Sigmund».

«Me la cavo» filosofeggiò Sigmund scartando il gelato al cioccolato.

Videro *Le meraviglie dell'universo* seduti uno accanto all'altro sul divano mentre cenavano. Sigmund prendeva appunti, Olle aspettava con impazienza il programma successivo.

«Fine» disse Mons alzandosi per spegnere il televisore. «Che ne dite di una partitina a Scarabeo prima che Sigmund torni a casa?»

«Cosa ne dice invece di dare un'occhiata al prossimo programma, signor Simonsen?» domandò Sigmund.

«E cioè? *I buchi neri, questi sconosciuti*?»

«No, papà» intervenne Olle. «È una serie televisiva: *Soldi e Potere*».

«È una porcheria, ma anche qualcosa di scadente può essere interessante» commentò Sigmund. «Telefono a casa per chiedere se lo posso vedere qui».

Soldi e Potere parlava di due ricchissime famiglie in lotta per il primato assoluto fra le imprese edili in USA. Quella sera avrebbero trasmesso il trentaquattresimo episodio. Come Mons si fosse fatto sfuggire la serie, era inspiegabile, ma la verità era un'altra: Mons non se l'era persa per niente, l'aveva seguita assiduamente senza dire una parola a Olle che non guardava mai la TV dopo le nove di sera, a eccezione del sabato.

Il trentaquattresimo episodio era incentrato sulla conquista dell'appalto che avrebbe permesso la costruzione, a New York, del grattacielo più alto del mondo. Non c'era limite ai mezzi illeciti cui ricorrevano le famiglie Smith e Jones per accaparrarsi il contratto: estorsioni, corruzione, furti, assegni a vuoto, rapimenti, stupri e omicidi. *Soldi e Potere* conteneva ogni cosa. Erano tutti dei delinquenti, tranne due, che in compenso erano buoni in maniera indecente. Per giunta crano perdutamente innamorati l'uno dell'altra: un amore infelice che veniva osteggiato da tutti. Lui si chiamava Henry, era studente di legge, nonché il figlio minore della famiglia Smith. Era interpretato da Billy Parker, una giovane stella di Hollywood con problemi di alcolismo: questo nella realtà. In *Soldi e Potere* non beveva mai niente di più forte del tè. Lei era Rebecca Jones, figlia unica, che si era diplomata da infermiera nonostante il parere contrario della sua famiglia. Particolare che nessuno conosceva, tranne la signora Smith e la signora Jones, era che Rebecca era stata adottata. Infatti, a suo tempo, la signora Smith aveva avuto una relazione con l'agente di borsa Florian Symms. Rimasta incinta, aveva concluso un accordo con la signora Jones, che non poteva avere figli e che allora era sua amica, secondo il quale lei le avrebbe ceduto dietro compenso il bambino appena nato. Quando nacque Rebecca, la signora Smith corruppe l'ostetrica della clinica privata affinché dichiarasse che la bambina era nata morta. Poi consegnò la neonata alla signora Jones, che all'epoca era ricoverata in una clinica per alcolizzati. Quando la signora Jones tornò a casa con Rebecca, raggiante di felicità raccontò al marito che aveva avuto un parto molto sorprendente. Insomma, Henry e Rebecca erano fratellastri, cosa che venne svelata nel quarantesimo episodio dopo il terribile incidente.

Rebecca Jones era interpretata da Fanny Mortensen, che sembrava ancora più giovane che in fotografia, anche se ai tempi del trentaquattresimo episodio non aveva più di diciotto anni. Olle aveva previsto che non gli avrebbero fatto vedere neanche l'ombra di un seno in *Soldi e Potere* e aveva ragione, anche se poi i personaggi non facevano altro che consumare le loro passioni tutto il tempo: vecchi e giovani, in lungo e in largo, alla rinfusa. Bacetti, carezze ed eccoli finire a tutta velocità in camera da letto. Bella musica, cosce nude, espressioni eccitate, lenzuola rosa che si muovevano su e giù, ma di tette neanche l'ombra. Sigmund gli aveva spiegato che, nelle serie televisive americane, fare l'amore funziona come bere alcolici per strada: la gente può scolarsi tutto quello che gli pare a patto di nascondere la bottiglia in un sacchetto. Tutto era permesso fintanto che avveniva di nascosto.

Ma chi non beveva né andava a letto con nessuno era Fanny Mortensen, che era sempre in movimento e aveva un'espressione perennemente triste. Quando invece accudiva i vecchi e i malati il suo aspetto era dolce, li accarezzava sui capelli, li confortava con parole affettuose. Nel momento in cui lasciava la loro stanza, ritornava a essere malinconica. Olle non era del tutto sicuro che lo fosse perché le facevano pena i vecchi e i malati o non piuttosto perché lei stessa stava male, visto che era l'unica a non andare a letto con nessuno, perlomeno non con il suo fratellastro, che lei amava.

«Una vera schifezza» commentò Mons dopo aver spento il televisore.

«L'avevo avvisata, signor Simonsen» disse Sigmund.

«Non ci vuole molto per capire come andrà a finire!» continuò Mons. «La famiglia Smith otterrà l'appalto e poi...»

Sigmund scosse la testa.

«No, sarà la famiglia Jones».

«Come fai a saperlo?»

«Tutti gli indizi puntano in quella direzione, signor Simonsen».

«Secondo me lo daranno a Fanny Mortensen» intervenne Olle, «che a sua volta lo regalerà ai vecchi e ai malati».

Sia suo padre sia Sigmund sorrisero con una certa aria di superiorità.

«Purtroppo ragazzo mio» disse Mons, «queste cose non succedono nella realtà, soltanto nelle favole».

«Ma questa è una favola, papà».

Mons guardò l'orologio con uno sbadiglio.

«Ragazzi, adesso è ora di andare a nanna».

«Come va il suo fischio alle orecchie, signor Simonsen?»

Dopo aver assicurato Sigmund che il suo fischio alle orecchie andava benissimo, averlo seguito fino alla porta e avergli augurato la buona notte, Mons se ne andò a dormire. Si addormentò subito, sognando che un precoce medico di tredici anni gli bucava entrambi i timpani.

6

Con suo grande stupore Olle sopravvisse all'ultima settimana di scuola, anche se di tanto in tanto lo prendevano in giro chiedendogli quale ghiacciaio avrebbe attraversato con suo padre quell'estate. Lui era arrossito dodici, quattordici volte e quando camminava avanti e indietro lungo il cortile della scuola in compagnia di Sigmund, lo faceva lentamente e curvo in avanti come prima. Comunque se l'era cavata senza troppe difficoltà, forse anche perché era chiuso nel suo mondo: un mondo dominato dai soldi e dal potere, dove stava vivendo il suo primo grande amore per Rebecca Jones, che non era Rebecca Jones, ma la diva Fanny Mortensen, e dove lui non era il più piccolo e il più fifone della classe, bensì il famoso miliardario e alpinista norvegese Olle Simonsen, detto anche La Lince.

Nel giro di una settimana interpretò nella sua mente almeno diciannove puntate di *Soldi e Potere*, dove lui era l'eroe e Fanny Mortensen l'eroina. Quando la campanella della scuola suonò per l'ultima volta, era estate, Fanny aveva mollato Henry e si sarebbe sposata in segreto con Olle.

Dal canto suo anche Sigmund aveva avuto una settimana ricca di eventi: aveva detto a quattro ragazze di essere troppo giovane per legarsi, aveva fatto un'altra volta a botte con Reidar, aveva consegnato un regalo al professor Skog, tenendo anche un discorso molto impegnativo in suo onore.

« Per noi che siamo giovani oggi » aveva detto, « sei anni rappresentano un lungo lasso di tempo. Ma in realtà cos'è il tempo? Il poeta Gunnar Reiss-Andersen avrebbe detto: 'Il tempo è una distanza in uno spazio stregato'. E così vorremmo che Lei ci ricordasse, professor Skog. Non importa quanto grande diventerà questa distanza tra di noi: Lei tenga sempre a mente che noi ci troviamo nello stesso spazio, quello spazio dove Lei ha profuso le Sue conoscenze per permetterci di diventare i cittadini che diventeremo. Con il tempo. Per questo accetti da parte nostra questa sveglia e quando essa suonerà, non si chieda: 'Per chi suona la campana?' perché la campana ovverossia la sveglia suona per Lei ».

Fu un discorso particolarmente profondo anche per Sigmund e quando Olle gli domandò come diavolo fosse riuscito a scriverlo, Sigmund gli confidò che lo aveva aiutato suo padre.

« Ma non dirlo a nessuno. Gli altri credono che io sia così ».

« E non lo sei? » aveva chiesto Olle e Sigmund, guardandolo con serietà, gli aveva risposto:

« No, in realtà sono un ragazzo piuttosto comune ».

Sei lunghi anni erano finiti e due ragazzi del tutto normali uscivano lentamente e per l'ultima volta dal portone della scuola. Si fermarono guardandosi per un istante l'un l'altro, poi Olle sollevò la testa e gridò a voce così alta che duecento e quattordici studenti lo sentirono:

«Yippiiii!»

«È arrivata una lettera per te» disse Mons.

«È finita» esclamò Olle. «Sono libero! Presto: quattordici fette di pane con la marmellata di fragole, undici bicchieri di latte e cacao e sedici gelati!»

«Dagli USA» continuò Mons. «Non sapevo che tu corrispondessi con qualcuno laggiù, Olle».

Olle, che stava precipitandosi in cucina per svuotare il frigorifero, si fermò.

«Eh?»

«Eccola qui. Manca il mittente. Chi credi te l'abbia mandata?»

Olle strappò la lettera dalle mani di suo padre e si precipitò in camera sua, dove l'aprì, lesse la firma, inciampò in una sedia e si rimise in piedi senza sentire se si era fatto male o no.

Non c'era dubbio: chi gli sorrideva dalla foto acclusa alla lettera era Fanny Mortensen. Olle respirava come una macchina a vapore mentre leggeva.

Caro Olle Simonsen,

Le scrivo per ringraziarLa della Sua lettera. È vero che ne ricevo moltissime, lettere di giovani che sono miei ammiratori, lettere oscene di vecchi porci e lettere in cui mi chiedono di sposarmi, ma la sua lettera aveva qualcosa di speciale. Non soltanto perché è arrivata dalla madre patria e perché amo le montagne norvegesi, ma anche perché ho potuto leggere tra le righe che Lei è una delle poche persone in grado di capirmi. Sì, sono sola, ma non sono molti a saperlo. I più credono che io sia dura e fredda, ma dentro di me sono rimasta la ragazzina che con le guance in fiamme e piena di aspettative ha lasciato mamma e papà alla conquista di Hollywood e del mondo. Sì, caro Olle Simonsen, io sono una Cenerentola, ma dov'è il Principe Azzurro? Chi ha l'altra scarpetta di cristallo? Ancora tante, tante grazie per la Sua lettera. Mi ha riscaldato il cuore.

Cordiali saluti

Fanny Mortensen.

P.S. Le invio anche la foto con il mio autografo come mi aveva chiesto. Un giorno Lei si sposerà, ma nessuno sa meglio di me quanto sia difficile trovare l'anima gemella. Sono tante le cose che avrei voluto scrivere, ma ho appuntamento dal mio parrucchiere tra mezz'ora. Mi limiterò a confidarLe che il mio autore preferito è William Shakespeare. Il mio sogno è di recitare in « Romeo e Giulietta». *Si immagini, una sciocchina come me come Giulietta! Ancora una volta, grazie.*

Fanny

«Ecco in arrivo cinque delle fette di pane che volevi» disse Mons, che era entrato nella camera da letto una frazione di secondo troppo tardi per vedere Olle infilarsi la lettera e la fotografia in tasca. «Posso prepararti le altre undici quando hai mangiato queste, se tu... Qualcosa non va, Olle?»

Olle sedeva rigido come un bastone sulla sponda del letto. Non era più rosso in viso, ma molto pallido. Gli occhi erano spalancati, lo sguardo perso e il respiro pesante.

«No» mormorò Olle. «Non è niente».

Si schiarì la gola cercando di assumere un tono naturale della voce.

«A dire il vero sto piuttosto bene».

Per sottolineare che tutto era normale, aggiunse:

«E tu come stai, papà?»

Aveva cercato di usare un tono normale, ma le parole gli erano uscite in falsetto.

Mons lo guardò stupito. Olle fece un pallido sorriso.

«Credo di stare cambiando la voce, sai» balbettò. «Be', è ora di uscire».

Si diresse lentamente verso la porta cercando di fischiettare: sembrava il sibilo di un'oca.

«Dove vai?»

«Mah, pensavo di fare un giretto».

«E mangiare?»

Guardò confuso il padre.

«Mangiare?»

«Sì, il pane con la marmellata. Non lo vuoi?»

«Ma certo» rispose Olle, sforzandosi di ridere allegramente. «Me ne ero dimenticato. Ah, ah!»

Prese le fette di pane dal piatto e le schiacciò tutte insieme facendole diventare un enorme panino a più strati. La marmellata prese a colargli tra le dita.

«Mi piacciono i panini giganti» spiegò, dileguandosi fuori di casa.

Sigmund abitava nella stessa zona. In quel momento, mentre stava risalendo la discesa in bicicletta, si imbatté in Olle esattamente a metà strada tra le loro abitazioni. Senza saperlo, tutti e due stavano andando a casa dell'altro, cosa che si verificava abbastanza spesso. Secondo Sigmund il fenomeno dipendeva dal fatto che si trovavano sulla stessa lunghezza d'onda cosmica. Senza esserne consapevoli, stabilivano di incontrarsi, comunicando tra di loro attraverso delle vibrazioni elettriche. «Io e te» aveva detto, «non abbiamo bisogno di telefono. Basta pensarci l'un l'altro».

Frenò, aspettando Olle che gli correva incontro.

«Ciao» disse con calma. «Pensavo proprio di vederti».

A dire il vero Olle non credeva alle onde cosmiche di Sigmund. Ma non era sicuro, non si poteva mai sapere con Sigmund: se c'era qualcuno pieno zeppo di onde cosmiche, questo era lui.

« Mi è arrivata una lettera » disse ansimando.

« Interessante » rispose Sigmund. « Mi chiedevo se volevi venire con me a fare il bagno ».

« Da Fanny Mortensen! Ho ricevuto una lettera da Fanny Mortensen, e lunghissima! »

Per una volta Sigmund rimase in silenzio.

« Ma ci pensi! Ha scritto di tutto, di come sta... che in realtà è molto sola... che ama la natura... che sogna di recitare Giulia con Shakespeare e così via ».

Finalmente a Sigmund era tornato il dono della parola.

« Giulietta » corresse.

« Eh? »

« Vuoi dire Giulietta in *Romeo e Giulietta* ».

« Sì, vero » continuò Olle, che si era già scordato di tutta quella faccenda su Shakespeare ed era già passato al pensiero successivo.

« Mi chiedo se anch'io mi trovo sulla stessa lunghezza d'onda comica di quella di Fanny Mortensen ».

Sigmund aveva molte qualità, ma uno dei suoi difetti era quello di sentirsi a disagio se non aveva la situazione sotto controllo. Quando erano gli altri ad avere il controllo della situazione, assumeva un atteggiamento sprezzante, ironico e di sufficienza. E ora non aveva affatto la situazione in pugno.

«Si dice cosmica, Simonsen» disse con una certa aria di superiorità.

«Perché mi chiami Simonsen?» chiese Olle, che non si era accorto affatto dello stato d'animo del suo amico.

Sigmund ci rinunciò.

«Ma, Olle... perché... voglio dire perché...?»

«Perché mi ha scritto?»

Sigmund annuì in silenzio e Olle cominciò a raccontare.

Quando ebbe finito, diede la lettera di Fanny Mortensen a Sigmund, che la lesse senza proferire parola; poi la ripiegò e la restituì a Olle, guardandolo sotto una nuova luce.

«Accidenti!» fu il suo commento.

«Lei crede che io sia miliardario» disse Olle.

Sigmund annuì ridacchiando. Olle non l'aveva mai visto ridacchiare: credeva che lo facessero soltanto le ragazze, ma la sua non era una risatina malevola, significava invece che ora avevano un segreto in comune, un segreto incredibile di cui soltanto loro due erano a conoscenza. Ridacchiò pure lui.

«Cosa facciamo?»

Sigmund riacquistò il suo solito atteggiamento compassato mentre rifletteva.

«Non saprei...» disse lentamente. «Per il momento, suggerisco di andare a fare il bagno. Penso meglio quando il mio corpo è immerso nell'acqua».

Nessuno di loro disse una parola mentre Sigmund pedalava portando Olle sul portapacchi posteriore della bicicletta. Percorse il sentiero che attraversava il bosco e conduceva alla piccola insenatura, dove Sigmund era solito tuffarsi da uno degli scogli mentre Olle camminava sul bagnasciuga in cerca di conchiglie. Non che non sapesse nuotare, ma non gli piaceva. Aveva un modo un po' particolare di nuotare: frenava con le braccia quando spingeva con le gambe. E poi il mare non lo entusiasmava particolarmente: era rimasto sconvolto dopo aver visto *Lo squalo 2* in videocassetta, e poi c'era un'invasione di granchi, meduse e murene.

La spiaggia era piena di gente: alcuni prendevano il sole, alcuni costruivano castelli con la sabbia, altri continuavano a entrare e uscire in mare urlando e spruzzando acqua addosso a quelli che prendevano il sole, altri ancora si immergevano, afferravano per le gambe i nuotatori e li tiravano sott'acqua. Reidar ed Ellen Christine giocavano a lanciarsi una palla sulla spiaggia. Reidar fece loro un cenno quando li vide arrivare.

«Hai sbagliato strada, Pappamolle. Qui non ci sono ghiacciai!»

Per qualche strana ragione Ellen Christine fece finta di non averli visti.

«È pazza di me» disse Sigmund. «Cosa un po' stancante. Vieni, andiamocene invece alla baia di Persvika».

La baia di Persvika era più piccola e un po' più

lontana. Il posto non era bello come l'altro per farci il bagno perché il fondo era sassoso, ma in compenso era possibile starsene in pace e a un'estremità della baia c'era uno scoglio da cui Sigmund era solito tuffarsi.

Olle si accovacciò a osservare Sigmund che nuotava con lunghe e tranquille bracciate. Tirò fuori la lettera e si mise a leggerla per l'ennesima volta: era quasi meglio che all'ultima lettura. Come dire, così aperta e sincera. Un essere umano in difficoltà. Diede un'occhiata in basso: Sigmund era scomparso.

'Addio' pensò, 'è annegato!'

Era sul punto di chiamare aiuto quando la testa dell'amico spuntò dalla superficie del mare, proprio sotto lo scoglio.

«Devi scriverle» sentenziò Sigmund, arrampicandosi sulla roccia. «Ha bisogno di te!»

«Eh?»

«Devi scriverle di nuovo, spacciandoti sempre per miliardario».

«Ma non lo sono».

«Il punto fondamentale è» continuò Sigmund mentre si asciugava, «che Fanny Mortensen non sta bene e che ha bisogno di qualcuno con cui confidarsi. Scommetto che sta aspettando la tua lettera. Se le racconti chi sei veramente, la renderai ancora più infelice. E in quel caso la colpa sarà tutta tua».

«Perché?»

«Ho questa sensazione. Pensa a come andò a

finire con Marilyn Monroe. Non te lo perdoneresti mai, Olle».

«Se non facessi cosa?»

«Se non le scrivessi una lettera».

«Facendo finta di essere miliardario?»

«Sì».

«Non credo di essere capace di mentirle un'altra volta, Sigmund. Non a Fanny Mortensen».

«Ti aiuto io» rispose Sigmund con tranquillità. «Hai con te carta e penna?»

«Sì» disse Olle. «Per caso».

«Ecco fatto!» commentò Sigmund. «Niente male, se posso dirlo. Leggi ad alta voce».

«Cara Fanny» cominciò Olle, «adesso sento di poterti chiamare Fanny. La sensazione di aver stabilito un contatto che va oltre il tempo e lo spazio si è consolidata dopo aver letto la tua lettera. Vi ho riconosciuto i miei stessi sentimenti: ho provato una profonda malinconia, e al tempo stesso una grande gioia, la gioia che tu esisti. Adesso spero che tu possa provare la stessa gioia nel ricevere questa lettera. La mia piccola speranza, Fanny, è di poter restituirti un po' di quella fiducia e un po' di quel coraggio di vivere di cui tutti abbiamo bisogno per poter godere delle cose che ci sono vicine. Anch'io trovo spesso ispirazione nella natura: un piccolo fiore alpino dalle foglie rosate e dalla corolla gialla, una betulla nana che si avvinghia al terreno arido, la gelida bellezza di un ghiacciaio e il sole fresco del mattino quando sorge sopra le cime delle montagne. Quando vedo queste cose, allora sento di vivere! Sento di essere tutt'uno con la natura, sento che il tempo non esiste più. Sì, Fanny, spesso mi domando cosa sia il tempo e sono giunto alla conclusione di condividere il pensiero del poeta Gunnar Reiss-Andersen che si è espresso con queste parole: 'Il tempo è una distanza in uno spazio stregato'! Spero tu capisca cosa intendo dire: anche se tu sei a Hollywood e io in Norvegia, ci troviamo entrambi nello stesso spazio e i raggi cosmici che legano la tua vita alla mia non conoscono nessun confine. Sono solito dire così: sii felice delle piccole cose!

« So che tu, come me, sei alla ricerca del significato dell'esistenza, ma io so anche che è proprio lì che lo troverai: un uccellino che cinguetta su un ramo davanti alla tua finestra, un soffio di vento che ti increspa i capelli, l'occhiata fiduciosa di un piccolo ammiratore. Spero tu capisca cosa intendo dire.

« E non dimenticare, Fanny, che anche se tutto può sembrare insormontabile, in qualche parte del mondo c'è sempre un modesto miliardario che ti pensa.

« Con rispetto, ammirazione e genuina amicizia
Olle ».

Ci avevano impiegato due ore per scrivere la lettera. Il contenuto era di Sigmund, ma il modo in cui era stato formulato era quasi tutto opera di Olle. In fondo lui era uno specialista nello scrivere identificandosi in un'altra persona. Mentre la componevano, gli sembrava fantastica, ma rileggendola ad alta voce, fu preso dai dubbi. Guardò perplesso Sigmund.

«Non è un po'...»

«Un po' cosa?»

«Un po' troppo, come dire, da adulti».

«Cosa intendi dire?»

«Che è scritta così da adulti che in un certo senso finisce per diventare puerile, se capisci cosa voglio dire».

Sigmund non capiva.

«È così da grandi perché Olle Simonsen è un uomo molto adulto. Ha... ventisei anni».

«Ventisei?»

«Sì, tu hai tredici anni e io tredici e mezzo. Il miliardario Olle Simonsen sei tu e io messi insieme, quindi fa ventisei. Lui è intelligente come me più mezzo e tre volte più intelligente di te».

«Eh?»

«Io sono due volte più intelligente di te, no?»

«E chi l'ha detto?»

«Ma tu hai più fantasia di me» continuò Sigmund con tono rassicurante. «Il doppio di me».

Olle non si sentiva affatto rassicurato, ma prima che riuscisse a dire qualcosa, Sigmund riprese:

«Comunque sarà meglio aggiungere altri dieci anni, visto che sono così maturo. In totale fanno trentasei. Dammi la lettera».

Olle gliela porse e Sigmund cancellò le parole «un modesto miliardario» e le sostituì con «un miliardario di trentasei anni».

«Finito» disse. «La porto a casa per riscriverla al computer di mio padre».

«Ciao!»

Ellen Christine era salita sulla roccia alle loro spalle. Aveva i capelli bagnati e indossava un costume da bagno blu. Sigmund si alzò.

«Pensavo che ti stessi divertendo a giocare a palla con Reidar».

Con una mano Ellen Christine scostò i capelli bagnati dalla fronte.

«Puh... è così infantile. Posso sedermi qui?»

«Siediti pure» rispose Sigmund. «Tanto noi stiamo per andarcene. Vieni, Olle».

Mentre si avviavano verso la bicicletta, Olle sapeva che Ellen Christine era ancora lassù fissando il mare, non perché lo desiderasse, ma perché non voleva che Sigmund scoprisse che in realtà lei voleva sedersi lì per lui.

«Forse dovremmo tornare indietro» disse.

«Perché?»

«Niente» mormorò Olle. «È proprio vero».

«Che cosa?»

«Che la mia fantasia è due volte la tua».

7

Le ferie di Mons non cominciavano prima dell'ultima settimana di luglio e per il momento non avevano ancora deciso cosa fare. A Olle la cosa andava benissimo perché non si poteva mai sapere quali imprevisti si nascondessero dietro un viaggio: all'estero c'era il rischio di essere derubati dei soldi e del passaporto, in Norvegia, invece, c'era il pericolo di rimanere in panne in qualche tratto dell'autostrada. Anche Sigmund sarebbe rimasto a casa. *Soldi e potere* andava a gonfie vele alla televisione e Olle e Sigmund avevano dato vita a un personale club segreto di ammiratori di Fanny Mortensen. O per meglio dire, si trattava più di un'organizzazione benefica che di un club di fan. Chiamarono questo club AF, che stava per « Aiutiamo Fanny! » La sede si trovava al limitare del bosco, nei pressi di una vecchia cava che la gente usava come discarica abusiva e come tiro a segno durante i fine settimana. Né Olle né Sigmund erano un granché come costruttori di capanne, ma si erano armati di alcune assi e di un vecchio telone che avevano trovato nella cava. Con zelo realizzarono un archivio su Fanny Mortensen composto da foto e ritagli di giornali e riviste. La lettera e la fotografia che aveva mandato a Olle le avevano messe in una scatola di cioccolatini dove avevano incollato una foto di Fanny su quella della regina Sonja. Tenevano una riunione segreta ogni due giorni, dove c'era sempre e soltanto un unico punto sull'ordine del giorno: Fanny Mortensen.

Più discutevano, più erano preoccupati e quando furono trascorsi dieci giorni senza aver ricevuto alcuna risposta alla lettera, cominciarono ad angosciarsi sul serio.

«Non mi piace» disse Sigmund. «Questo silenzio è insopportabile».

«Forse ha capito che ho soltanto tredici anni» commentò Olle.

Sigmund lo guardò cupamente.

«Nessun tredicenne scrive delle lettere così».

«Forse crede che mi sia fatto aiutare da mio padre o da qualcuno».

«In quel caso si sarebbe messa in contatto con tuo padre».

«Perché?»

«Perché la lettera l'ha colpita al cuore».

«Come fai a saperlo?»

«Ora basta parlare della lettera» sentenziò Sigmund. «Adesso parliamo di Fanny».

«Ma non è quello che stiamo facendo?»

«Non puoi sfuggire alla realtà» continuò recisamente Sigmund.

Olle lo guardò confuso.

«Cosa intendi dire?»

« Sai quanto me che Fanny ha dei problemi. Non serve cercare di eludere la situazione adducendo come scusa che lei non ha voglia di scriverti. Se non lo fa, significa soltanto che i suoi problemi sono ancora più grandi di quanto temessi ».

« Credi che sia diventata paralizzata? »

« Non credo niente. So solo che la situazione è grave ».

Olle annuì.

« Sì, è quello che credo anch'io ».

Avevano fatto solenne giuramento sotto il telone, e questo giuramento diceva: « Siamo qui per te Fanny! »

« Cosa facciamo? » chiese Olle.

Sigmund guardò l'ora, e balzò in piedi.

« Accidenti! Devo andare a casa a mangiare! »

« Droga? » domandò Olle, che aveva la mente ancora completamente assorbita dai problemi di Fanny Mortensen.

« No » rispose Sigmund sorpreso, « merluzzo bollito ».

« Pensavo a Fanny. Credi che abbia problemi di droga? »

« Se li ha, il nostro compito è quello di salvarla ».

« Ma Sigmund! Come? Noi siamo qui mentre lei è a Hollywood ».

« Sì » rispose Sigmund cupamente mentre abbandonavano la capanna. « È proprio questo il problema ».

Poi dopo aver salutato Olle con un cenno della mano, si precipitò lungo il pendio. Quando ebbe raggiunto il fondo della cava, si girò gridando:

« Odio il merluzzo, ma fa bene al cervello! Potrebbe servire. Siamo qui per te Fanny! »

« Siamo qui per te Fanny! » gli fece eco Olle.

Strisciò nuovamente sotto il telone e tirò fuori la foto dalla scatola di cioccolatini. Era sul punto di mettersi a piangere, ma si trattenne.

« Non sei soltanto tu ad avere problemi, Fanny » mormorò. « Neanche per me la vita è tutta rosa e fiori ».

Il giorno dopo arrivò la lettera. Olle e Sigmund avevano l'accordo di aprire insieme tutta la posta proveniente da Hollywood, ma Olle non ce la fece ad aspettare. Esattamente trenta secondi dopo averla trovata nella cassetta delle lettere, era sdraiato sul letto a leggerla:

Caro Olle,

scusa se non ti ho scritto prima, ma attualmente la mia vita è un grande caos. A quanto pare Robert de Niro si è innamorato di me. Non capisco come abbia fatto a notarmi tra tutte le bellezze di Hollywood. Comunque non voglio legarmi. Non ancora e sicuramente non con Robert. Sento che non è la persona giusta.

La tua lettera era meravigliosa. Sai, Olle, ho

comprato un piccolo pappagallino. È così dolce quando se ne sta appollaiato sul trespolo della gabbia, becchettando le sbarre. L'ho chiamato Olle. Spero che non ti spiaccia. Anche se questo pappagallino mi rallegra, a volte mi rende anche triste: gli uccelli non dovrebbero essere tenuti chiusi in una gabbia. Ho molta voglia di lasciarlo andare, ma non so se il piccolo Olle sopravvivebbe nella giungla della città. A volte mi sento anch'io come un uccellino. Sogno di volarmene via da tutti questi cocktail-party, da queste facce false, dall'invidia. Spiegare le ali e volare in alto, libera, insieme al mio piccolo Olle.

Quando arrivò a quel punto della lettera, Olle era così sopraffatto dall'emozione che le lacrime gli rigavano le guance e le lettere gli tremolavano davanti agli occhi. Le frasi che seguivano fecero tremolare anche tutta la stanza.

Il motivo per cui ti scrivo, è che proprio oggi sono venuta a sapere che il mio ultimo film Il labirinto dell'amore *arriverà in Norvegia ad agosto. Verrò anch'io per « dare lustro » alla prima. (Ma ci pensi, Olle? Io che « do lustro »). In ogni caso coglierò l'occasione per prendermi una piccola vacanza e andare a trovare mamma e papà a Horten, rilassarmi, ed essere me stessa. Se sei da quelle parti, potremmo magari incontrarci e bere insieme una coppa di champagne. Ti penserò comunque.*

Tua Fanny

« Non dovevamo aprirla insieme? » commentò Sigmund mentre un'ora dopo erano seduti sotto il telone. Era arrabbiato ed eccitato allo stesso tempo.

« Non ho saputo resistere ».

« Non parliamone più » troncò Sigmund. « Ora dobbiamo prepararci ».

« A cosa? »

« Al tuo incontro con Fanny. Abbiamo soltanto un mese di tempo ».

« Ohi! » commentò Olle deglutendo.

« Cosa vorresti dire con 'Ohi'? »

« Io... io non posso incontrare Fanny Mortensen ».

« Devi ».

« Perché? »

« Lei ha bisogno di te ».

« Non è vero! »

« Invece sì. Leggi tra le righe. Non viene in Norvegia per via del film: viene per te ».

« Ohi! »

« Vuoi smetterla di dire 'Ohi'? »

« Dico 'Ohi' quanto mi pare e piace ».

« Non essere infantile, Pappamolle ».

« Non chiamarmi Pappamolle! »

« Non sei tu quello che si vanta tanto di avere fantasia? »

«Io non mi vanto: quella è la tua specialità».

«Ah sì? E chi è che se ne va allora per i ghiacciai con suo padre tutte le estati?»

Litigavano raramente e quando avveniva, era di solito Olle ad arrendersi, ma questa volta la paura di incontrare Fanny Mortensen era più grande della tristezza che provava quando litigava con Sigmund.

«Se incontro Fanny Mortensen, svengo».

«E se non lo fai, succederà qualcosa di molto peggio. Pensa a Marilyn Monroe!»

«Perché devo pensare a lei?»

«Si è suicidata!»

«Sei un bastardo» disse Olle e se ne andò a casa.

Un'ora dopo telefonò a Sigmund.

«Riunione» sussurrò.

«Cosa?»

«Riunione dell'AF. Tra mezz'ora».

«Come ci prepariamo?»

Lo disse piano, quasi sussurrando, ma parlando distintamente e con voce ferma. Sapeva che se non avesse accettato l'invito di Fanny Mortensen a bere una coppa di champagne a Horten, non se lo sarebbe mai perdonato.

«Devi far finta di essere Olle Simonsen junior».

Olle fissò Sigmund con espressione inorridita: non lo sorprendeva il fatto che l'amico avesse ela-

Per essere il figlio di un

borato un piano, ma era sconvolto perché questo piano era destinato a fallire senza speranze. Fanny, infatti, non voleva incontrare Olle Simonsen junior, ma quello senior in fin dei conti non esisteva neanche, ma era parto della fantasia bacata di uno stupido tredicenne.

«Olle Simonsen non ha figli. Non è sposato».

«Ha un figlio da un matrimonio precedente: Olle Simonsen junior».

Olle cominciò a sudare. Stava diventando un po' complicato avere il controllo di tutti questi Olle Simonsen che spuntavano come funghi: c'era il vero Olle Simonsen, cioè lui, poi c'erano il falso miliardario, nonché alpinista, Olle Simonsen e l'ancora più falso Olle Simonsen junior, che era sempre lui e allo stesso tempo non lo era.

«Perché si chiama junior?» disse con voce afona.

«I figli dei miliardari si chiamano sempre junior».

«Ma io non sono il figlio di un miliardario».

«No, ma devi far finta di esserlo».

«Lei non vuole incontrare il figlio, ma il padre».

«Sì, ma junior è uguale identico a suo padre. Lui incontra Fanny e le ridà la fiducia di vivere, proprio come avrebbe fatto Olle Simonsen senior».

Olle rise cupamente. Era facile per Sigmund, tanto lui poteva starsene lì seduto a usare la sua mente geniale per elucubrare piani: non doveva mica far finta di essere un qualche junior. E in fondo perché no? Era il più vecchio dei due e sapeva esprimersi molto meglio di Olle. Che idea fantastica. La propose. Sigmund impallidì leggermente, ma il suo tono di voce era beffardo quando rispose:

«Hai fifa?»

«Sì» fu la risposta laconica di Olle.

«Sei stato tu a scrivere la prima lettera, quindi la responsabilità è tua».

«Ma non dello junior, quella è stata una tua trovata. Junior è responsabilità tua».

Sigmund scrutò Olle pensieroso.

«Facciamo testa e croce. Se vieni testa vinci tu, sei viene croce vinco io».

Prima che Olle avesse avuto il tempo di replicare, Sigmund aveva preso una corona dalla tasca e l'aveva lanciata in aria.

Testa.

«Ho vinto» disse Olle sollevato. «Fanny la incontri tu».

«Cosa vorresti dire?»

«Hai perso, no!»

«Vorresti insinuare che è una sconfitta incontrare Fanny?»

«No, ma...»

«È così che la consideri? È diventata di colpo una lebbrosa o cosa?»

«Non volevo dire...»

«Se la consideri così orrenda, non capisco perché le hai scritto. Una sconfitta! Incontrare una persona che metà Norvegia sogna di poter vedere anche solo per un istante. Io l'avrei considerata una vittoria! »

« Infatti tu la incontrerai ».

« No » rispose Sigmund calmo. « Io ho perso. Hai vinto tu, sei proprio nato con sette camicie! »

Olle sapeva che era impossibile discutere, tanto Sigmund avrebbe distorto e rigirato le sue parole fino a ottenere quello che voleva ed era chiaro come il sole che voleva che fosse Olle a incontrare Fanny. Si arrese.

« E tu dove sarai quando farò la sua conoscenza? » chiese sfinito.

« Sarò nelle vicinanze, rilassati ».

« Non mi rilasso mai » farfugliò Olle, « e poi non ho la più pallida idea di come si comportano i figli dei miliardari ».

Sigmund gli sfoderò un grande sorriso.

« Ma io sì ».

Era quasi buio quando finirono di compilare l'elenco di tutto quello che Olle doveva imparare per convincere Fanny Mortensen di essere veramente il figlio di un miliardario: avrebbe dovuto imparare per filo e per segno le regole del golf e del tennis, procurarsi le nozioni necessarie su come si specula in borsa, seguire le oscillazioni e il corso delle valute, abituarsi a girare tutti i giorni in giacca e cravatta, destreggiarsi tra le regole del galateo, allenarsi nella conversazione, e soprattutto, comportarsi in modo naturale nei ristoranti di classe. In altre parole servirsi delle vacanze estive per fare più o meno tutto quello che non aveva voglia di fare.

«Devo proprio?» disse con espressione infelice.

«Siamo qui per te Fanny!» esclamò Sigmund, battendogli una mano su una spalla.

«E va bene. Siamo qui per te Fanny. Quando cominciamo?»

«Domani. Adesso le scriviamo una lettera».

«Dicendo che voglio incontrarla».

«No, secondo me è meglio che rimanga una sorpresa. Scriviamo che hai un figlio».

«Non ho figli».

«Che il miliardario ha un figlio».

«Sì, sì» disse Olle. «Magari quest'estate il figlio si rompe una gamba».

Cara Fanny,

grazie per la lettera. Mi ha fatto molto piacere leggere che sarai in Norvegia ad agosto. Non c'è altra cosa che mi sarebbe più gradita a questo mondo che incontrarti. Magari potremmo anche fare un giretto in montagna insieme o giocare a golf se riesco a spostare un appuntamento importante che ho in quel periodo. A proposito, anche mio figlio non vede l'ora di fare la tua conoscenza. Ebbene sì, mi sono dimenticato di dirti che ho un figlio, frutto di un precedente matrimonio. Il ragazzo è tutto papà. Il ricciolino è curioso come uno scoiattolo e sveglio come una lince, ma allo stesso tempo è un tipetto riflessivo e che sa usare il cervello. Non c'è cosa al mondo di cui io non possa parlare con Olle junior. Attualmente sta leggendo Shakespeare: è un attore nato. Non mi stupirebbe affatto se un bel giorno dovessi vederlo recitare Romeo in Romeo e Giulietta. *È la gioia e la consolazione di suo padre nei momenti difficili. Sì, cara Fanny, spero tu ti sia fatta un'idea di lui. Sono molto onorato e felice di sapere che hai chiamato il tuo pappagallino Olle perché mi fa sentire ancora più vicino a te. Forse anch'io dovrei procurarmi un uccellino, una piccola Fanny che svegli me e mio figlio con il suo allegro cinguettio nelle luminose mattine estive.*

Spero di ricevere presto tue notizie.

Tuo Olle.

Era stato Olle ad avere l'idea di scrivere che il ragazzino era un ricciolino curioso come uno scoiattolo e sveglio come una lince, ma quando lesse la lettera ad alta voce a Sigmund, se ne pentì.

« Forse sarebbe meglio tagliare la frase con il ricciolino ».

Sigmund scosse la testa.

« Perché? La parola 'ricciolino' è magnifica ».

« Ma io non ho i ricci ».

«No, non ancora. Ma per quando incontrerai Fanny, li avrai».

«Era quello che temevo» rispose Olle prima di leccare la busta per chiuderla.

8

«Quanto pesa una pallina da tennis?»

«Deve pesare almeno 56,70 grammi e non superare i 58,47».

Sigmund annuì.

«Quanto è lunga?»

«Una pallina da tennis non è lunga» rispose Olle. «È rotonda».

Sigmund aveva prenotato un'ora di tennis al centro sportivo per le undici. Erano le dieci e un quarto ed erano seduti nella caffetteria del centro a studiarsi le regole. Sigmund indossava pantaloncini bianchi, maglietta bianca e una fascia. Olle aveva calzoncini marroni e maglietta azzurra. Avevano preso le racchette a noleggio. Nessuno dei due aveva mai giocato prima a tennis, ma Sigmund si era portato dietro un libro intitolato *Migliora il tuo tennis*.

«Voglio dire, quant'è di diametro?»

«Non capisco perché devo saperlo!»

«Il diametro di una pallina da tennis è di 6,668 centimetri massimo e di 6,35 centimetri minimo».

«Non mi chiederà mai qual è il diametro di una pallina da tennis né quanto pesa».

«Non si può mai sapere».

«Non c'è nessuno al mondo a cui importa sapere quanto pesa una pallina da tennis».

«E invece sì. A Stefan Edberg, per esempio».

«Chi è Stefan Edberg?»

«Un tennista».

«Fanny Mortensen non è una tennista».

«Ah sì? E secondo te cosa fanno le stelle del cinema nel tempo libero?»

«Si... si rilassano».

«Esatto. Con il tennis. E la racchetta?»

«Be'?»

«Che aspetto deve avere?»

«Ma chi se ne frega!» rispose Olle.

Sigmund annuì nuovamente.

«Risposta esatta. Infatti non esistono regolamenti che stabiliscono le dimensioni o la forma che deve avere la racchetta da tennis».

«Ma è pazzesco» esclamò Olle acido.

«Cosa?»

«Che una pallina da tennis non può essere più lunga di...»

«6,668 centimetri».

«Sì, mentre la racchetta può essere lunga anche un chilometro. Allora posso costruirmi una racchetta che sia più grande di tutto il campo messo insieme e diventare campione del mondo».

«Adesso basta con la racchetta» continuò Sigmund. «Passiamo ora a 'come ci si comporta sul campo'».

Nell'arco dei quaranta minuti successivi non affrontarono soltanto le norme di 'come ci si comporta sul campo', ma anche le regole del gioco, come si calcola il punteggio, come si impugna la racchetta, come si eseguono il servizio e altri colpi come il diritto, il rovescio, lo smash e la volée.

Olle aveva la sensazione che la sua testa fosse invasa da centinaia di palline da tennis, che pesavano almeno 56,70 grammi l'una e che, sibilando, gli rimbalzavano in lungo e in largo nel cervello. Si sentiva alquanto confuso, invece sembrava che Sigmund avesse tutto sotto controllo.

«Ora conosci la teoria di base» disse mentre entravano in campo.

«Ah sì?»

«Sì, adesso ti basta imparare a giocare».

«E *tu* sei capace?»

«No, ma l'ho visto alla TV e non sembra molto difficile».

Era difficile. Nessuno dei due era dotato del talento naturale di come si colpisce una pallina. Le poche volte in cui ci riuscivano, la sparavano direttamente in rete o la scagliavano sul soffitto. Naturalmente a eccezione delle volte in cui la pallina scompariva oltre la rete di protezione che divideva i due campi da tennis. Se Olle era il peggior giocatore di tennis del mondo, e molti indizi lo facevano pensare, Sigmund occupava di diritto la seconda posizione, anche se non lo voleva ammettere. Ogni volta che sbagliava, cominciava a disquisire sul perché. Arrivò addirittura al punto di far intendere che lo faceva di proposito.

« Perché credi che abbia mandato la pallina sul soffitto? »

« Perché non sei stato capace di scagliarla oltre la rete ».

« No, per mostrarti come *non* devi colpire. Hai notato che tenevo la racchetta di traverso? »

« Sì ».

« Non devi fare così ».

« No, l'ho capito da solo ».

« E il mio colpo ne era la prova ».

In qualche modo Olle riuscì a spingere la palla al di là della rete. Sigmund la colpì a sua volta facendola finire nel campo confinante.

« Adesso l'ho rifatto. Capisci? »

« L'ho capito da un pezzo » borbottò Olle mentre andava a raccogliere la pallina.

Ellen Christine era entrata nel centro sportivo in compagnia di Mika. 'Ultimamente è dappertutto' pensò Olle. Entrambe avevano le gambe abbronzate dal sole e indossavano gonnellini bianchi e corti. Lui invece aveva pantaloncini scuri e gambe bianche e corte. Il mondo è bello perché è vario.

« Ciao, Pappamolle » disse Mika. « Non sapevo che tu giocassi a tennis ».

Olle cercò di farfugliare qualcosa, ma il risultato fu un suono simile a un grugnito. Ellen Christine si era avvicinata alla rete di protezione e stava sorridendo a Sigmund.

« Ciao, Sigmund! Sei qui? »

« No » rispose Sigmund. « Sono a Londra ».

« Avete... avete voglia di fare un doppio? »

« No, faremo un semplice » fu la risposta laconica di Sigmund.

Ellen Christine si girò e se ne tornò da Mika.

« Credo che mi stia pedinando » commentò Sigmund quando Olle ritornò con la pallina. « Ha telefonato di sicuro a casa mia e le hanno detto dove ero. Chiama in continuazione ».

Olle annuì.

« Evidentemente è innamorata di te ».

« Sì, ma ha meno possibilità di una goccia di pioggia nel deserto. Adesso alleniamoci a battere il servizio ».

Si liberò della racchetta e si mise a raccogliere le palline che buttava e che Olle cercava di rilanciare al di là della rete. Era solo una perdita di tempo chiedergli perché non cercasse invece di rispondere con la racchetta: tanto sarebbe finita in una nuova e inutile discussione. Del resto non ci voleva molto acume per capire che Sigmund non voleva che Ellen Christine scoprisse che Olle non era il solo a essere un pessimo giocatore di tennis. Continuò a battere il servizio a est, a ovest, a nord e a sud. Di tanto in tanto sentiva qualcuno ridacchiare nel campo vicino, ma stringendo i denti andò coraggiosamente avanti a colpire le palline in modo disperato e inutile fino a quando scoccarono le dodici e l'ora era finita.

« È andata leggermente meglio verso la fine »

disse Olle mentre raccoglieva una pallina che era finita nella rete.

«Ah sì?» rispose distrattamente Sigmund, guardando di sottecchi il campo a fianco.

«Ciao, ragazze!»

In un lampo Ellen Christine fu vicino alla rete di protezione.

«Sì?»

«Che ne dite di uscire a cena con noi?»

Olle non credeva alle sue orecchie.

«Ohi» mormorò, ma fu soltanto lui a sentirlo.

Ellen Christine sprizzava gioia da tutti i pori: sembrava avesse vinto al lotto.

«Cena? Dove? A casa tua?»

«No, al ristorante 'La stella'».

«Ohi» ripeté Olle con un tono di voce leggermente più alto, ma anche questa volta nessuno lo sentì.

Il ristorante «La stella» era un ristorante con tanto di pista da ballo che si trovava in città. Era molto elegante e terribilmente caro.

A Olle era caduta di mano la pallina da tennis; Sigmund, dopo averla raccolta, se la lanciava con fare indifferente da una mano all'altra. Anche Mika si era avvicinata alla rete e le ragazze cominciarono a bisbigliare tra di loro. Ellen Christine era un po' rossa in viso, mentre Mika guardava Sigmund con espressione sospettosa.

«Parli sul serio?»

«Se non ne avete voglia, possiamo chiedere a qualcun'altra. Per noi fa lo stesso».

Si girò lentamente verso Olle, che si stava avvicinando, molto lentamente.

« Vero, Olle? »

« *Jarglf* » tossì Olle a cui era andata la saliva di traverso.

Ellen Christine si sforzò di fare finta di niente.

« Ma certo che potremmo. Ma quando, per esempio? »

« Sabato prossimo » rispose Sigmund. « Alle sei ».

Olle cercò disperatamente di dire qualcosa mentre Sigmund lo sospingeva fuori del campo da tennis.

« Tu sei pazzo da legare » ansimò. « Io non voglio andare al ristorante con Ellen Christine ».

« Sono io che ci vado con lei. Tu esci con Mika ».

« Ma neanche per sogno ».

« Rilassati. Sarà solo per una sera ».

« Non ho la più pallida idea di come ci si comporta al ristorante ».

« Esattamente, ed è proprio per questo che ci andiamo ».

« Non possiamo andarci soltanto io e te? »

« Non è la stessa cosa ».

Olle stava cercando disperatamente un modo per sottrarsi.

« Non ho soldi. 'La stella' è il ristorante più caro della città ».

« Ce li ho io » rispose Sigmund amichevolmente. « Li sto mettendo da parte per comprare il computer ».

Strizzò l'occhio a Olle e si infilò nella doccia.

« Non devi usare i tuoi risparmi al ristorante! » gridò Olle. Ma conosceva già la risposta:

« Siamo qui per te, Fanny! »

« Se abbiamo dei libri sul galateo? » chiese la bibliotecaria, guardando con interesse i due ragazzi che aspettavano dall'altra parte della scrivania.

« Sì » rispose Sigmund. « Vorrei imparare qualcosa sulle buone maniere ».

La bibliotecaria era una donna di una certa età che lavorava in quella biblioteca da più di quaranta anni. Mancavano soltanto sei mesi alla pensione. Amava molto i bambini, ma non era sempre altrettanto entusiasta delle loro letture preferite.

« Siete sicuri di non volere qualcosa di un po' più di eccitante? » domandò con cautela.

« Sapere come comportarsi in ogni occasione può essere molto eccitante » rispose Sigmund serio.

Olle annuì deglutendo: non poteva essere più d'accordo di così.

La donna era raggiante.

« Come hai ragione, ragazzo mio. Purtroppo non ci sono molti ragazzi della tua età che lo capiscono ».

« No » rispose Sigmund. « Noi siamo un po' speciali ».

« Ne sono certa » continuò la donna con ammirazione. « Vediamo... abbiamo naturalmente la vecchia edizione del 1960, ma è spessa come la Bibbia»,

«La bibbia del galateo» commentò Sigmund. «La conosco».

La donna lo guardò per un istante con sospetto: non era sempre facile capire quando Sigmund prendeva in giro qualcuno o parlava seriamente.

«Vorresti dire che l'hai letta?»

«L'ho sfogliata» rispose Sigmund con noncuranza. «Avete qualcosa di più moderno?»

«Sììì, abbiamo *Il galateo degli anni Novanta* che ha solo 190 pagine».

«Perfetto, vorremmo prenderne in prestito due esemplari».

«Due?»

«Sì, abbiamo pensato di usarli nel nostro club». Sigmund si corresse. «Volevo dire... ahi... nel nostro club del galateo!»

Ora la donna era davvero impressionata. Andò a prendere due esemplari del libro, offrendosi di aiutarli se avessero avuto bisogno di altri testi in materia. Si era ricreduta di colpo sulla gioventù di oggi.

Sdraiato sul letto, Olle stava leggendo. Era arrivato a pagina 9: LE PRESENTAZIONI.

«*Oggi è più importante che mai essere capaci di mettere in luce se stessi. La prima impressione è spesso quella decisiva: la cosa più importante è apparire felici e amabili e saper imprimere nella memoria altrui il proprio nome in modo che gli altri se lo ricordino, o ricorrendo a un biglietto da visita o pronunciandolo in modo chiaro e ad alta voce...»*

Appoggiò il libro sul piumone. C'era molto da imparare. In tutta la sua vita non si era mai messo in luce. Si sforzò di ricordare l'ultima volta in cui era apparso felice e amabile, ma non gli venne in mente. E quando aveva saputo imprimere nella memoria di un'altra persona il suo nome? Mai. Infelice e poco amabile, aveva accettato senza reagire di farsi chiamare Pappamolle, senza dare a quelli che lo chiamavano così neanche lo straccio di un biglietto da visita. Ciò spiegava molte cose. Forse era per questo che lo prendevano in giro: perché era così incredibilmente poco felice. Non aveva mai visto nessuno farsi beffe delle persone felici. Aveva sempre creduto che fossero felici per questo, ma era esattamente il contrario: *non erano felici perché non venivano presi in giro, ma non venivano presi in giro perché erano felici*. Era stato vittima di un terribile malinteso e non gli era mai venuto in mente prima che la soluzione di tutti i suoi problemi si trovava da sempre dietro l'angolo: in biblioteca. Quel libriccino era nientedimeno che un manuale di istruzioni su come ottenere una vita felice. Riprese a leggere febbrilmente.

«Quali regole valgono quando si bacia una persona sulle guance? Si bacia prima la destra o la sinistra? La bocca deve entrare in contatto con la guancia dell'altra persona o no? Le regole

valide in Norvegia sono diverse da quelle di altri paesi? »

Questo argomento era estremamente interessante. Quando avrebbe incontrato Fanny, avrebbe finito con il fare una figuraccia se non sapeva neanche su quale guancia avrebbe dovuto baciarla. Perché sul fatto che la dovesse baciare, non sussisteva purtroppo alcun dubbio. Un sorriso amabile, la possibilità di memorizzare il nome di Olle Simonsen junior e un bacio sulla guancia, era il minimo che lei potesse pretendere da lui. Il libro aveva la risposta.

« *È difficile farlo in modo elegante. Osservate i membri della famiglia reale: baciano prima la guancia destra e poi la sinistra. Si appoggia sempre prima la guancia destra su quella destra dell'altra persona e poi la sinistra sulla sinistra. È molto difficile eseguire questi movimenti alla perfezione!* »

Sì, non aveva dubbi al riguardo! Era come ballare. Era assolutamente impossibile eseguire i passi giusti quando cercava di pensare a quello che faceva. Lo sapeva bene dopo l'amara esperienza della scuola di ballo a cui sua madre lo aveva mandato quando aveva sette anni. Se pensava un passo a destra e due a sinistra, succedeva il contrario. Si muoveva goffamente con l'eleganza di un orso ammaestrato distratto, mentre gli altri, che non pensavano affatto, scivolavano sulla pista aggraziati e a tempo. « Non devi pensarci su » gli aveva detto il maestro di ballo. « Muoviti in modo naturale e segui la musica». Ma ci voleva molto esercizio per muoversi in modo naturale. Olle dovette ammettere che il piano di Sigmund di andare al ristorante con Ellen Christine e Mika in fondo non era così stupido. Avrebbe avuto l'occasione di fare pratica su molte cose.

Con questi pensieri si addormentò e nel sonno si vide incontrare Fanny Mortensen in modo naturale e amabile. Era sul punto di scoccarle un bacio sulla – era la guancia sinistra? – quando venne risvegliato dalle urla del padre.

«Aiuto!»

Ancora una volta aveva camminato nel sonno. Ora se ne stava chinato su suo padre con un sorriso amabile stampato in faccia.

«Ah, Olle. Sei tu? Credevo che fosse... oddio, Olle. Stavo facendo un brutto sogno... e quando mi sono svegliato... Credevo che fosse... un assassino... sognavi?»

Mons si fregò gli occhi, e tutti e due cominciarono a ritornare in sé.

«Sì» disse Olle. «Stavo sognando anch'io».

«E cosa? Avevi un sorriso raccapricciante».

«Sognavo di essere amabile» rispose Olle.

9

« Al giorno d'oggi per essere vestiti in modo corretto bisogna indossare i guanti, papà? »

In piedi davanti allo specchio del corridoio Olle si stava osservando la faccia. Si era lisciato i capelli con l'acqua e si era fatto la scriminatura di lato. Mons, che arrivava dal soggiorno, lanciò un'occhiata preoccupata in direzione del figlio: non capiva cosa stesse succedendo. Che Olle stesse crescendo a velocità impressionante, era evidente. Nel giro di quattro giorni era diventato molto più gentile di prima: apriva la porta al padre quando questi stava uscendo per andare a lavorare, continuava a sottolineare di chiamarsi Olle, cosa che Mons di fatto già sapeva, e aveva sempre dipinto in faccia lo stesso sorriso raccapricciante che gli era apparso in viso la notte in cui aveva vagato nel sonno. Sembrava essere maturato di colpo e Mons non era certo che questa trasformazione fosse di suo gradimento. Se Olle non fosse stato suo figlio, avrebbe detto che il ragazzo si stava trasformando in un piccolo essere mellifluo e ipocrita.

« Non lo so » rispose con leggero nervosismo. « Non è uno degli argomenti a cui di solito penso ».

« Io invece sì » continuò Olle. « Non è necessario indossare i guanti per essere vestiti in modo corretto ».

« Mi fa piacere » sospirò il padre.

« Soltanto nel caso in cui si vogliano abbinare degli accessori eleganti all'abito primaverile. Se no ai nostri giorni non si usano né cappello né guanti, ammesso che non faccia troppo freddo. Papà, cosa bisogna fare quando non si vuole assolutamente che gli ospiti si presentino in jeans? »

« È un problema che non mi sono mai posto » rispose Mons guardando l'orologio.

Olle annuì.

« La pensano così molte persone, però capita di volersi vestire in modo elegante senza indossare necessariamente lo smoking o il frac, no? »

« Come no ».

Olle aprì la porta, sorridendo amabilmente al padre.

« Buona giornata, papà ».

Mons emise un profondo sospiro mentre a testa bassa si avviava lentamente lungo la strada.

Olle rimase sulla porta a osservarlo. Aveva un nodo alla gola. Forse si stava comportando da gentiluomo, ma si sentiva un idiota. Ogni volta che si inchinava con gentilezza davanti a suo padre, aveva invece voglia di buttargli le braccia al collo, ma non poteva. Doveva esercitarsi a comportarsi secondo l'etichetta fino a quando non gli fosse venuto naturale, così avrebbe potuto affrontare la vita a testa alta. Per il momento era terri-

MANUALE DI ISTRUZIONI:
Per l'uso su come ottenere una vita facile...
MANUALE DELLE BUONE MANIERE
1999
Quando finirete di leggere questa
Questo mese 18 milioni di persone si
connetteranno per la prima volta alla rete
mondiale. Il prossimo mese?
il dollaro e Wall Street,
finora sono stati i propellenti
e della bassa inflazione
Europa della
appare impotente,
prigioniera della debolezza

bile andare a testa alta: aveva la sensazione di venire schiacciato da tonnellate e tonnellate di paure e preoccupazioni. Se avesse avuto la possibilità di scegliere, avrebbe impiegato molto più tempo per imparare il galateo. Settanta, ottant'anni, per esempio. Ma non aveva scelta. Domani sarebbe andato a mangiare al ristorante «La stella» e due settimane dopo Fanny Mortensen sarebbe arrivata a Horten. A proposito, non avevano ancora ricevuto nessuna risposta all'ultima lettera. Forse lei aveva cambiato idea o le avevano affidato un ruolo importantissimo che la obbligava a rimanere suo malgrado a Hollywood. In quel caso lui avrebbe potuto permettersi di essere un po' meno gentile, godendosi l'infanzia il più a lungo possibile. Be', non era forse un grande godimento, ma molto meglio di quello che stava passando ora: aveva letto il libro quattro volte e discusso ogni capitolo con Sigmund nella sede del club. Sulla carta sembrava tutto così facile, ma la realtà era un'altra faccenda, proprio come alla scuola di ballo. Forse non era neanche indispensabile che tutti vivessero la propria esistenza a passo di danza, o mettessero continuamente in luce la propria immagine. Chissà. Sapeva soltanto che se c'era qualcuno che doveva assolutamente imparare a mettersi in luce, e velocemente, quello era lui.

Chiuse la porta e riprese a fissare la propria immagine allo specchio. I capelli lisciati all'inverosimile con l'acqua gli ricadevano in testa come asfalto appena posato. Sembrava un gangster. No, non c'era via di scampo: doveva farsi i ricci. La prospettiva lo rallegrava come un condannato avviato al patibolo.

Suonarono alla porta. Dopo aver cercato di scompigliarsi i capelli il più possibile, aprì. Era Sigmund.

« Ciao » disse. « Ho noleggiato gli smoking ».

« È necessario? » chiese Olle. « Non possiamo metterci invece giacca e cravatta? »

« No, dobbiamo avere stile, lo sai anche tu. Oggi è arrivata qualche lettera? »

« No ».

« Arriverà, arriverà » disse Sigmund allegramente. « Infilati lo smoking ».

« Non posso aspettare fino a domani? »

« Dobbiamo controllare o no se la taglia è quella giusta. »

Olle cominciò a nutrire una minuscola speranza.

« Hai ragione, forse non va bene. E allora... »

« E allora ne noleggiamo un altro ».

« Ah ».

Lo smoking gli stava a pennello. Olle si guardò allo specchio e rimase quasi impressionato alla vista del giovanotto che lo fissava. Lo smoking era nero con la fascia rossa, il farfallino rosso e un fazzoletto rosso, che Sigmund aveva piegato alla perfezione per poi infilarglielo nel taschino della giacca. Nessuno era in grado di accorgersi se i gemelli erano o no d'oro.

« Elegante » commentò Sigmund.

Olle annuì.

« Adesso posso togliermelo? »

« No, te lo devi tenere tutto il giorno, così ti ci abitui. Ora passiamo ai capelli ».

« Cosa hanno che non va? » chiese Olle anche se sapeva come sarebbe andata a finire.

« Dobbiamo farli diventare ricci ».

« Non possiamo aspettare fino a quando incontro Fanny? »

« Niente affatto » rispose Sigmund deciso. « La cena di domani è una prova generale e a una prova generale si indossano i costumi e si ha il trucco come se fosse la prima ».

« Mi rifiuto di truccarmi! » urlò Olle.

C'era un limite. Vero che aveva giurato di fare tutto per Fanny, ma « tutto » significava qualsiasi cosa eccetto il trucco!

« Rilassati » disse Sigmund. « Nel tuo caso farsi i ricci equivale in un certo senso a truccarsi. Mi sono portato dietro l'arricciacapelli di mia sorella ».

Cinque ore dopo Olle camminava lentamente avanti e indietro per il soggiorno a testa bassa, con i capelli arricciati di fresco e lo smoking, mentre Sigmund lo bombardava di domande su come ci si comporta al ristorante.

« Chi si avvia per primo verso il tavolo, l'uomo o la donna? »

« Se il tavolo è prenotato, è compito del cameriere fare strada, poi vengono l'ospite o la signora, mentre l'uomo o chi invita seguono per ultimi » rispose Olle meccanicamente.

« E se una coppia è alla ricerca di un tavolo libero e sono soli? »

« Allora è l'uomo ad andare avanti per primo ».

« Esatto. Chi dovrebbe sedersi e dove in caso di tavolo d'angolo con divanetto contro la parete e la sedia di fronte? »

« Dovrebbero cercarsi un altro ristorante ».

« Olle, non stiamo giocando! »

« La donna dovrebbe avere la possibilità di sedersi sul divanetto in modo da vedere la sala. Facciamo una partita a Scarabeo? »

« No. Abbiamo invitato degli ospiti al ristorante. Cosa possiamo aspettarci dal mâitre o direttore di sala e dal cameriere? »

Dopo aver sospirato pesantemente, Olle rispose meglio che poteva. Quando ebbero finito di ripassare tutte le regole relative al ristorante, ricominciarono da capo. Allo scoccare delle quattro e mezzo di pomeriggio Olle conosceva l'intero capitolo a memoria. Il mâitre e il cameriere del ristorante « La stella » dovevano essere pronti a tutto. Lo stesso valeva per Mons. Alle cinque meno un quarto lo sentirono aprire la porta d'ingresso.

« Muoviti » disse Sigmund. « Vai in cucina a prendere un bicchiere d'acqua ».

« Perché? »

« Un normale gesto di cortesia. Tuo padre avrà di sicuro sete dopo una lunga giornata di lavoro ».

Olle scomparve in cucina mentre Sigmund rimase in salotto ad accogliere Mons.

« Ciao, Sigmund, sei qui? »

«Buongiorno, signor Simonsen. Ha avuto una giornata faticosa in ufficio?»

«Abbastanza. Dov'è Olle? Gli ho portato un piccolo regalo per l'estate».

Mons tirò fuori da un sacchetto di plastica un pallone per mostrarlo a Sigmund. In quel momento Olle rientrò nella stanza portando un vassoio con un bicchiere pieno per metà d'acqua.

«Ti va un bicchiere d'acqua, papà?»

Mons si girò. Olle gli sfoggiò un sorriso amabilissimo.

«Ueeeeeeh!»

Urlando come un gatto su un albero, suo padre arretrò di un passo, inciampò in una poltrona e cadde disteso, mentre il pallone rotolava sul pavimento sotto il televisore.

«O forse non hai sete?» domandò Olle timidamente.

«Sembri... sembri il Piccolo Lord Fauntleroy!» esalò Mons.

«Sì, vero, signor Simonsen?» disse Sigmund soddisfatto. «Ha stile, il ragazzo».

Mons Simonsen era un uomo pacifico e aveva una visione alquanto rilassata su come si dovevano educare i figli. Finché Olle tornava a casa all'ora stabilita e non scippava la borsetta alle signore anziane, poteva fare più o meno quello che voleva. Se si fosse presentato con i capelli verdi e gli anelli al naso e alle orecchie, probabilmente Mons sarebbe rimasto un po' sconcertato, ma sicuramente non gli avrebbe fatto una scenata.

Non era neanche improbabile che lui stesso si sarebbe fatto fare il buco all'orecchio in segno di solidarietà. Ovviamente soltanto per uso domestico: presentarsi al lavoro con un orecchino era fuori discussione, ma quei maledetti riccioli gli avevano fatto saltare i nervi.

Si alzò fissando Olle a bocca aperta, poi cominciò a ringhiare.

« Ti piace la mia pettinatura, papà? » chiese Olle, che cercava ancora di continuare a sorridere anche se si era reso conto che nell'aria si stava addensando un temporale.

Fu allora che Mons esplose.

« Sembri... Sembri uno... scistone! » urlò.

« Scusi, signor Simonsen, cosa sarebbe uno scistone? » domandò Sigmund con interesse.

« E tu chiudi il forno... Fagotopo! » ruggì Mons.

Il fagotopo chiuse il forno. Olle non sorrideva più. Se ne stava immobile, mentre suo padre saltava su e giù sul pavimento, agitando le braccia e urlando neologismi che nessuno dei due capiva, perché per esprimere la rabbia che lo riempiva non riusciva a trovare la parola giusta.

« Sembri un... rimolazzo! » ruggiva. « Un sabeso! Uno scilostro! Lisciati quella maledetta parrucca, Pappamolle! »

« Non chiamarmi Pappamolle, papà » sussurrò Olle. « Ti prego, mi chiamano così a scuola ».

« Cosa? »

« MI chiamano Pappamolle ».

Mons si afflosciò come un sacco vuoto. Rimase in piedi con le braccia a penzoloni fissando Olle.

«Olle... io... io non sapevo... io».

Fece un passo verso Olle mentre allargava impotente le braccia. Era un modo per mostrare che era dispiaciuto e allo stesso tempo la tacita preghiera che il figlio gli si gettasse tra le braccia. Olle indietreggiò di un passo verso la porta della cucina.

«Pensavo di piacerti».

«Ma tu *stai* bene, Olle. Stai... molto bene. Volevo soltanto...»

«Perché mi hai chiamato Pappamolle?»

«Non volevo... Sono io il Pappamolle. Vuoi... volete un gelato? Ho comprato il gelato alla fragola».

Olle non rispose. Aveva voltato le spalle al padre e si stava dirigendo verso la sua camera. Sentirono la chiave girare nella toppa.

Sigmund si alzò.

«Be', è ora di andare a casa».

Mons non rispose.

«Si tratta solo di conflitti generazionali, signor Simonsen. Non se la prenda, capita nelle migliori famiglie» disse Sigmund a mo' di incoraggiamento.

Mons si buttò sul divano e prese a fissare una fotografia appesa alla parete. L'aveva scattata lui, dieci anni prima, mentre sua moglie, su una sedia a sdraio, teneva Olle in grembo. Lei sorrideva e Olle rideva. Quando morì, Mons fece un rapido sorriso alla foto, poi nascose la testa tra le mani e scoppiò in lacrime.

Quello che non sapeva era che Olle se ne stava rintanato nella sua camera, ugualmente amareggiato. Capiva che Mons non l'aveva chiamato Pappamolle di proposito, ma soltanto perché era rimasto sconvolto nel vederlo in smoking nero e con i capelli ricci. Sapeva bene che la disperazione del padre era molto più vera della sua rabbia. Aveva voglia di aprire la porta, precipitarsi in soggiorno per dirgli che non doveva sentirsi in colpa e che lui non si sarebbe mai più fatto i ricci. Ma non poteva. Era una specie di ritrosia idiota, o di vigliaccheria. Sarebbe bastato dire una parola o fare un sorriso. No, niente sorrisi. Perlomeno non uno amabile. Adesso l'amabilità non c'entrava per niente: di colpo erano così lontani l'uno dall'altro e questa lontananza gli pesava terribilmente.

'Perché non lo faccio?' pensava. 'Basta solo farlo'.

E così fu.

Si precipitò verso la porta, girò la chiave e con un balzò fu in soggiorno. Suo padre sedeva davanti a una tazza di caffè. Sembrava molto solo. Quando Olle entrò nella stanza, si alzò, fece un passo verso di lui, si fermò di colpo passandosi una mano tra i capelli. Anche Olle si fermò. Rimasero fermi a guardarsi: uno aveva trentanove anni, i capelli radi, indossava un abito grigio e una camicia a righe blu, l'altro aveva tredici anni, i ricci, lo smoking e la fascia. Nessuno dei due

manca
questo papà
così tanto!

avrebbe saputo dire chi fece il primo passo, ma all'improvviso erano uno nelle braccia dell'altro, stringendosi da farsi scoppiare il cuore.

«Mi manca la mamma» singhiozzava Olle. «Papà, papà mi manca così tanto!»

Il padre gli accarezzava i capelli ricci.

«Ragazzo mio» mormorava. «Ragazzo mio, ragazzo mio, figlio mio».

Rimasero così fino a quando ciò che si poteva riparare fu riparato, e quel che prima pareva intollerabile non lo fu più.

Olle sfilò il fazzoletto rosso dal taschino e si pulì il naso.

«Non devi sporcare un fazzoletto così bello» mormorò Mons.

Olle sorrise. Il suo sorriso.

«Invece sì, visto che è un fazzoletto».

Mons sorrise a sua volta.

Disteso nella vasca da bagno ripeteva tra sé e sé:

«Sedetevi con calma e passate in rassegna il menu con il maître. In questo modo potrete discutere nei minimi dettagli dei vini, dei prezzi, dei contorni, ecc. In alcuni locali è possibile sedersi in un séparé mentre si scelgono le portate...»

Olle deglutì. Si sarebbero seduti in un séparé al ristorante «La Stella»? Sperava di no. Per qualche strana ragione l'idea di sedere in una stanza separata dalle altre era ancora più agghiacciante di quella di trovarsi in un locale strapieno con altre centinaia di clienti. Anche questo era di per sé terrificante, ma trovarsi in un séparé con Sigmund, Mika ed Ellen Christine era ancora peggio. Cominciò a sudare al solo pensiero, anche se il suo corpo era immerso nell'acqua.

«Come si mangia un'insalata?»

«Olle, sei annegato?»

«Ma no, papà, mi sto solo rilassando».

Era nella vasca da bagno da mezz'ora e l'acqua stava cominciando a intiepidirsi. La cosa non gli faceva nessun effetto perché era tutto un bollore.

«L'insalata va mangiata o solo con la forchetta o con coltello e forchetta, ma se si vuole essere pignoli, non sarebbe corretto tagliare l'insalata».

«Olle! Vuoi uscire di lì o no?»

Con un sospiro si levò dall'acqua, poi indossò la tuta da ginnastica buttata sul pavimento del bagno. Si era messo d'accordo con Sigmund di fare un po' di corsa mattutina. Era raro che Olle facesse jogging, ma Sigmund aveva detto che l'avrebbe aiutato a rilassarsi. Se lo diceva lui.

Quando entrò in cucina, Mons lo guardò stupito.

«E che fine hanno fatto... i tuoi bei ricci?»

«Sono rimasti nella vasca da bagno».

«Cosa?»

«Mi sono lavato i capelli».

Mons apparve costernato, come se gli rimordesse la coscienza.

«Ma, Olle... Non era necessario. Stavo cominciando ad abituarmici».

«Io invece no» rispose Olle mentre si infilava le scarpe da ginnastica.

«Dove stai andando?»

«Fuori a fare una corsetta».

«Sono questi i ragazzi che vuole la vecchia Norvegia!» intonò Mons allegramente.

Olle e Sigmund corsero ad andatura moderata lungo il sentiero che conduceva alla cava di pietre dove si infilarono sotto il telone della sede del club.

«Perchè ti sei tolto i ricci?»

Olle si aspettava quella domanda. Sigmund si era mostrato scontroso mentre correvano. Di tanto in tanto aveva lanciato delle occhiate di straforo a Olle, scuotendo la testa insoddisfatto.

«Mi è capitato mentre li lavavo».

«Ti è capitato?»

«Sì. Per caso. Pensavo fossero, come dire... fissi».

«E non possiamo neanche rifarli. Mia sorella è andata in montagna e si è portata dietro l'arricciacapelli».

«Che peccato».

Olle cercò di sembrare rattristato. Sigmund lo guardò con espressione torva.

«Allora facciamo una scriminatura in mezzo».

«No! Nessuna scriminatura! Mi rifiuto! Sembrerei un gangster!»

«Sciocchezze. Starai benissimo. Non così bene come con i ricci, naturalmente, ma sarai decisamente presentabile».

Dopo un paio di inutili proteste Olle gettò la spugna. La scriminatura nel mezzo venne accettata con un voto favorevole e uno contrario. Dopo aver pianificato brevemente la visita di quella sera al ristorante e dopo che Olle ebbe ripetutamente assicurato Sigmund che non poteva essere più rilassato di così, conclusero la riunione pronunciando a due voci:

«Siamo qui per te, Fanny!»

Quando abbandonarono la capanna, in fondo alla cava c'era un uomo armato di fucile che stava mirando a delle lattine ammucchiate poco sotto di loro.

«Ehi!» urlò Sigmund. «Non spari!»

Olle lo afferrò per un braccio.

«Zitto, magari mi centra».

«Molto bene, Olle» commentò Mons un po' nervosamente. «La scriminitura in mezzo ti dona».

Quando Olle gli aveva raccontato che avrebbe cenato con Sigmund e due ragazze, il padre era rimasto molto sorpreso, ma allo stesso tempo si era sentito sollevato. Questo spiegava il comportamento del figlio negli ultimi giorni. Il ragazzo si era preso la prima cotta e voleva impressionare la fanciulla. Certo che a tredici anni era presto. Lui si era innamorato per la prima volta a quattordici.

Aveva invitato la vicina al cinema, ma poi non aveva osato presentarsi all'appuntamento. Aveva creduto che Olle fosse timido quanto lui in gioventù, ma si era sbagliato di grosso. Evidentemente suo figlio era sul punto di trasformarsi in un piccolo uomo di mondo. Bello, ma anche un po' triste. È vero che Mons era del parere che lo smoking e la scriminatura nel mezzo fossero esagerati, ma d'altra parte non seguiva molto bene la moda del momento. Ai suoi tempi andavano di moda i pantaloni a zampa d'elefante e le pettinature alla Beatles. Oggi invece erano lo smoking e la scriminatura. I tempi cambiavano. Aveva dato a Olle cento corone che a suo avviso erano più che sufficienti per bersi una bibita e mangiarsi un hamburger in qualche paninoteca. Che si trattasse invece di una cena chic al ristorante « La stella », non gli era passato neanche per l'anticamera del cervello, e neanche a Olle il pensiero di dirglielo. Bisognava pure avere qualche segreto, soprattutto nei confronti delle persone più care.

« Domani me la tolgo, papà ».

« Come vuoi, ragazzo mio. L'importante è che tu ti diverta ».

Olle annuì cupamente.

« Ciao, papà ».

« Ciao... Un momento, aspetta! »

Mons si precipitò in soggiorno a prendere il fazzoletto rosso che Olle aveva usato la sera prima per pulirsi il naso.

« Ti eri dimenticato questo ».

Il fazzoletto era fresco di bucato e stirato. Mons cercò di piegarlo in modo elegante. Non ci riuscì.

«Ci penso io, papà».

Con un paio di semplici movimenti della mano Olle piegò elegantemente il fazzoletto e se lo infilò nel taschino della giacca. Mons lo guardò impressionato.

«Se ti devi pulire il naso...»

«... devo farlo il più silenziosamente possibile, dando le spalle agli altri. Lo so, papà».

«Io invece no» mormorò Mons mentre richiudeva la porta dietro Olle.

10

Ellen Christine e Mika stavano già aspettando davanti al ristorante «La stella» quando Olle e Sigmund fecero la loro comparsa a bordo di un taxi. Primo errore: mai far aspettare una donna.

«Matrimonio?» chiese l'autista mentre Sigmund gli allungava una banconota da cinquanta corone.

Sigmund si era messo la giacca bianca dello smoking, pantaloni neri, farfallino nero e fascia nera. Sia lui che Olle avevano una sciarpa di seta bianca intorno al collo. Sigmund portava lo smoking con una naturalezza tale che sembrava ci fosse nato dentro. Aveva lasciato i capelli come erano, tanto quella non era la sua prova generale. Lui era il regista, armato di carta e taccuino per prendere nota degli eventuali sbagli dell'attore protagonista.

'Scommetto che lo userà parecchio' pensò Olle mentre si sforzava di sorridere amabilmente alle ragazze. Era sicuro che sarebbero scoppiate a ridere appena l'avessero visto, ma non fu così. Lo fissarono a bocca aperta.

«Buongiorno, madamigelle» esordì Sigmund inchinandosi affabilmente.

« E Olle dov'è? » chiese Ellen Christine.

« Qui » rispose Olle con un filo di voce.

« Sembri così... adulto » disse Mika, senza alcuna punta d'ironia nella voce.

« Che eleganza » fu il commento di Ellen Christine. « Non ti avevo riconosciuto ».

« È bello cambiare ogni tanto » borbottò Olle. Di colpo si sentì molto meglio, ma non era ancora del tutto sicuro che quella non fosse la calma prima della tempesta.

« Neanche voi siete male » aggiunse con cautela, rimanendo alquanto sorpreso quando le vide arrossire tutte e due. Si rendeva conto che per loro stava davvero bene combinato a quel modo. I gusti sono gusti. Cominciò a sentirsi in piena forma.

« Bastano una borsetta elegante e un paio di belle scarpine per dare un tocco di classe anche al vestitino più semplice » disse con tono compito.

« Me le hanno regalate per il mio compleanno » mormorò Mika mentre si guardava le scarpe color argento.

« Sarà il caso di entrare » lo interruppe Sigmund.

Olle tenne aperta la porta per far entrare le ragazze.

Quando Mika gli passò davanti, le fece allegramente l'occhiolino. Lei sussultò, affrettandosi a entrare nel ristorante.

« Non è il caso di esagerare » sussurrò Sigmund mentre lasciavano le sciarpe di seta in custodia al guardaroba, ma Olle era ormai completamente preso dal suo ruolo di uomo di mondo. Non si poteva far marcia indietro.

«Mi chiamo Olle» disse al guardarobiere.

«Ah sì?»

«Sì, vorrei che lo tenesse a mente. Olle!»

Il guardarobiere lo squadrò da capo a piedi.

«Non me lo dimenticherò, stai certo» disse lentamente.

«No» rispose Olle in tono pacato.

Le ragazze erano scomparse nella toilette. Sigmund si era seduto, mentre Olle continuava la sua conversazione con il guardarobiere.

«Avete un séparé dove poter decidere le portate?»

«No, non ce l'abbiamo» rispose un po' acido il guardarobiere. Era chiaro che il ristorante «La stella» aveva come ospite un tipo con la puzza al naso in miniatura.

«Ah» commentò Olle. «Allora ci toccherà discutere il menu con il mâitre».

In quel momento le ragazze uscirono dalla toilette. Profumavano lontano un miglio. Sigmund si alzò in piedi mentre Olle faceva un cenno con il capo al guardarobiere.

Superato il rischio di un piccolo intasamento sulla porta, Olle e Sigmund fecero passare prima le ragazze. Ad attenderli c'era il mâitre in persona. Era un signore distinto di una certa età, con i pantaloni rigati e la giacca scura. Aveva i capelli grigio argento e era alto quasi due metri. Olle perse un po' della sua baldanza: non sapeva che i mâitre fossero così lunghi.

«I signori hanno prenotato un tavolo?» chiese. Non sembrava essersi accorto di avere di fronte dei poppanti. Aveva la erre moscia e la sua voce era profonda, piena e discreta.

«Sì» rispose Sigmund. «A nome di Olle Simonsen junior. Quattro persone».

Era stato Sigmund a prenotare il tavolo, ma non aveva detto che lo aveva fatto a nome di Junior. Olle notò che le ragazze lo guardavano un po' stupite. Annuendo, il mâitre si diresse per primo verso un tavolo che si trovava dall'altro lato della sala.

«Prego» disse. «Il cameriere arriva subito».

«Mi chiamo Olle» disse Olle. «È il mio nome».

«Mi chiamo Dahl» rispose il mâitre, scomparendo senza discutere il menu con loro.

Ci fu un attimo di silenzio. Ellen Christine e Mika osservavano i due, soprattutto Olle, come se non riuscissero ancora a credere ai propri occhi. Olle si accorse che tutte e due si erano truccate. A essere sinceri detestava il trucco, però anche lui aveva modificato in parte il suo aspetto.

Il cameriere arrivò con il menu. Era giovane e dalla battuta pronta.

«Bene, ragazzi» esordì, «siete fuori con le signore?»

«Il mio nome è Olle» disse Olle, cercando di imprimere il suo nome nella memoria del cameriere, che non sembrò rimanerne particolarmente impressionato.

«Vogliamo ordinare un drink prima di mangiare?» chiese il cameriere.

«Non è una cattiva idea» disse Sigmund. «Cosa avete?»

«Abbiamo champagne, sherry, whisky, Campari, acqua minerale gassata, aranciata, Coca-Cola, gazzosa, succo d'arancia e acqua».

Olle si chiese per un attimo se dovesse ordinare dello champagne, ma Sigmund, che aveva capito che il cameriere stava cercando di fare lo spiritoso, lo anticipò.

«Quattro Coca-Cole. *On the rocks*».

«Yes, sir» disse il cameriere, trottando via.

«Cosa vuol dire *'on the rocks'*?» domandò Ellen Christine.

«Con ghiaccio» spiegò Sigmund.

Era seduto sul divanetto con la schiena rivolta verso la finestra, a fianco di Ellen Christine. Olle non era sicuro se quella sistemazione fosse secondo le regole. Vero che Sigmund aveva sei mesi più di lui ed Ellen Christine quattro mesi più di Mika, ma quando una coppia più giovane invita una più vecchia, ai più anziani spettano i posti che permettono loro di vedere la sala. Però era Sigmund ad invitare, quindi era forse la coppia più giovane che doveva sedersi sul divanetto. Ci meditò un po' sopra mentre studiava il menu: era lunghissimo e l'autostima cominciò a ridimensionarsi. Quell'entrata trionfale gli aveva succhiato

DINER
Le Clerc: Potage Condorcet.
" Potage à la Reine.
" Saumon du Rhin sauce Hollandaise.
" Tartelettes à la Chévreux.
" Boeuf à la jardinière.
" Petits pois aux ris de veau.
" Chaponneaux à la Périgueux.
" Terrine de foie gras de Strasbourg.
Schafft: Macédoine de fruits au vin de Champagne.
Le Clerc: Faisandeaux et poulets rôtis. – Salade.
" à l'Italienne.
la Pompadour.
Lyonnaise.
Blanche.
1862.

tutte le energie a disposizione, e adesso gli antipasti, i piatti unici, i dessert cominciavano a ballargli davanti agli occhi.

«Allora Olle, cosa ordiniamo?»

Sigmund lo guardò per spronarlo. Olle fissò nuovamente il menu: non ne aveva la più pallida idea. E poi non aveva neanche fame. Gli sarebbe bastato un piccolo trancio di pizza, ma il menu non contemplava la pizza.

«Non saprei» disse strascicando le parole. «Cosa avete voglia di mangiare?»

«Decidi tu» rispose Mika.

«Non siamo abituate a mangiare al ristorante» aggiunse Ellen Christine. «Ordina qualcosa di buono».

Olle annuì. Sedeva a capo chino come ai vecchi tempi. Gli bruciavano i lobi degli orecchi e il farfallino gli stava trapanando il collo.

«Giusto» commentò Sigmund, «a casa non si lascia certo scegliere agli ospiti, quindi perchè farlo al ristorante?»

Anche lui aveva studiato il libro e sapeva molte parti a memoria. Le ragazze annuirono compiaciute, mentre Olle aveva voglia di strozzarlo.

«Vi siete decisi?»

Era il cameriere di ritorno con le Coca-Cole.

Tutti e quattro fissarono Olle che si buttò:

«Quattro acciughe vinaigrette, quattro Boeuf bourguignon e quattro sufflé all'arancia».

Stava leggendo a casaccio dal menu, dando per scontato che i piatti più buoni dovevano essere quelli con i nomi più difficili. Pronunciò a velocità supersonica i nomi delle pietanze esattamente come erano scritti. A quanto pareva la pronuncia non doveva essere proprio corretta perchè il cameriere sembrava piuttosto confuso.

«Puoi essere così gentile da ripetere?»

Olle eseguì.

«Cos'è il bo-e-uf?» domandò il cameriere.

Olle indicò il menu.

«Si dice 'böff'. È uno spezzatino alla francese».

«Lo so, ma io dico sempre bo-e-uf».

«E perché?»

«È più facile» rispose Olle schiarendosi la gola.

Cominciò a prudergli il naso. Come si fa a starnutire quando si è al ristorante? Il più silenziosamente possibile e voltando le spalle ai commensali?

«Bo-e-uf» borbottò il cameriere mentre prendeva nota. «Me lo ricorderò. Cosa volete bere?»

Olle guardò disperatamente Sigmund mentre cercava di trattenere uno starnuto. Fortunatamente Sigmund intuì il segnale, mostrandosi allo stesso tempo un frequentatore di ristoranti professionista e un buon amico.

«Succo d'arancia con l'antipasto, Coca-Cola con la carne e gazzosa con il dessert».

«Di che annata?» domandò il cameriere.

«Spiritoso!» commentò Sigmund.

Il cameriere annuì.

«Anche voi ve la cavate bene».

In quel momento Olle esplose: uno starnuto mezzo represso con il volto rivolto verso il cameriere. Gli occhi gli lacrimavano e per di più il naso continuava a prudere. Con discrezione, dopo essersi asciugato alcune gocce dalla guancia, il cameriere si allontanò rapidamente dal tavolo, giusto in tempo per non sentire una vocina esile sussurrare:

« Mi chiamo Olle ».

Le acciughe in vinaigrette sono considerate un ottimo antipasto, perfette sulla veranda in estate, ma sono pochi i tredicenni che le considerano il loro cibo preferito. Acciughe, uova sode a pezzetti, cipolla tritata, prezzemolo tritato, il tutto condito con olio e abbondante aceto.

« Sono *queste* le acciughe in vinaigrette? » chiese Ellen Christine, guardando con sospetto nel piatto.

« Esatto » rispose Olle che coraggiosamente si stava infilando in bocca un filetto di acciuga. Era viscida e molliccia e Olle ebbe la sensazione che fosse viva. Ebbe la tentazione di sputarla, ma la mandò giù a forza, risucchiandola come se fosse uno spaghetto.

« Buonissima! » ansimò, bevendo tutto d'un fiato il succo d'arancia.

« Se vuoi anche le mie, prendile pure » disse Mika.

« E anche le mie » aggiunse Ellen Christine. « Siamo a dieta ».

« State attente a non esagerare » sentenziò Sigmund, « potrebbe essere pericoloso ».

A Sigmund piaceva il cibo da adulti. Mangiò le sue acciughe in vinaigrette lentamente e di gusto. Olle lo guardò riconoscente.

« Non vogliamo rovinarci l'appetito per quando arriva il piatto forte » disse Ellen Christine.

« Sì » confermò Mika. « Per il bo-e-uf ».

Svuotò le sue acciughe nel piatto di Olle.

« Grazie » disse lui, sorridendo debolmente, ma sempre in modo amabile.

Ellen Christine gli porse il suo piatto.

« Ecco qua ».

Sollevando lo sguardo dalle sue acciughe, Sigmund sorrise a Olle.

« Come sei fortunato » disse.

« Prendile pure » si affrettò a dire Olle.

Sigmund scosse la testa.

« No, grazie. Hanno un sapore un po' troppo forte per me. Non ho gusti da adulto come te ».

Le ragazze annuirono con forza, esprimendo la propria ammirazione per i gusti da adulto di Olle. La questione era chiusa: sospirando in silenzio, Olle prese il piatto che Ellen Christine gli porgeva e ne rovesciò il contenuto nel suo. Ora aveva quattordici filetti di acciuga. Ricordavano un polipo squartato. Le mangiò in silenzio tra gli sguardi colmi di ammirazione degli amici. Quando anche l'ultima acciuga si stava inabissando giù per la gola, tutte le altre cercarono di tornare a galla. Olle prese a deglutire con insistenza. In quel momento arrivò il cameriere con il bœuf.

Il bœuf alla bourguignon è un classico piatto francese che viene preparato con ingredienti che possono variare a seconda di chi lo cucina. Anche se la carne viene fatta cuocere nel vino rosso, può essere mangiata dai bambini perché l'alcol evapora durante la cottura. La versione proposta dal ristorante «La stella» era a base di carne di manzo, carote, sedano, cipolla, aglio, conserva di pomodoro, pancetta affumicata e funghi. Si trattava di un piatto piuttosto pesante, che il cameriere servì con del riso bollito allo zafferano.

«Bene» disse Ellen Christine, facendo un cenno con la testa in direzione di Olle «Lui mangia come un bue».

«Potrei avere un bicchiere d'acqua?» chiese Olle.

Non avrebbe saputo dire come riuscì a finire il piatto di carne, ma ebbe perlomeno la forza di dire «no, grazie» quando il cameriere cercò di propinargliene una seconda porzione. Furono le uniche parole che era ancora in grado di pronunciare. Cercò di allentare la fascia, ma era fissata con dei ganci sotto la giacca dello smoking. In quell'istante arrivò il cameriere con il soufflé all'arancia, un dessert bello pesante, fatto di farina bianca, burro, latte, zucchero, arance spremute e uova. Era appena sfornato ed era l'orgoglio del ristorante «La stella». Le ragazze parevano in visibilio, Sigmund era rilassato e Olle si sentiva come Ciccio dopo essersi rimpinzato delle leccornie di nonna Papera. Abbassando lentamente il cucchiaio verso il soufflé, emise un gorgoglio, poi si alzò al rallentatore da tavola come un anziano signore.

« Skusciate! » farfugliò senza aprire la bocca.

Attraversò a passi brevi e veloci il ristorante fiondandosi nella toilette, dove si liberò dei quindici filetti d'acciuga e di tutto il resto. Quando rispuntò davanti al guardaroba, gli girava la testa.

Il guardarobiere alzò gli occhi dal giornale.

« Sei tu che ti chiami Olle? »

« Simonsen » disse Olle, « Olle Simonsen junior ».

« Ma guarda » rispose il guardarobiere. « E io che pensavo che tu fossi senior ».

Quando ritornò al suo posto, gli altri avevano divorato il dessert e il cameriere attendeva vicino al tavolo.

« Il tuo sufflé è diventato freddo » precisò.

« Non importa » disse Olle. « Non ne voglio più ».

Il cameriere aggrottò le sopracciglia.

« Non ti piace il nostro sufflé? »

Adesso Olle ne aveva abbastanza. Fissò il cameriere diritto negli occhi, scandendo queste parole in un attacco di disperato coraggio:

« Ho invitato degli ospiti al ristorante. Cosa posso aspettarmi dal mâitre e dal cameriere? »

« Eh? » sbottò il cameriere, ma Olle continuò imperterrito e con voce monotona come se stesse esponendo una lezione imparata a memoria, e in effetti era proprio quello che stavo facendo:

« Innanzitutto una gentile – e in nessun modo compiacente – attenzione. Il compito più importante del mâitre e del cameriere è fare in modo che gli ospiti si sentano a proprio agio, e il più grande errore che possono commettere è ignorare gli ospiti o metterli in imbarazzo. Un bravo cameriere sa immeditamente quando c'è bisogno di lui a un tavolo senza che sia necessario richiamare la sua attenzione con un cenno della mano, ma non è mai insistente. Non chiede in continuazione se il cibo è di tuo gradimento e non ti corregge se sfortunatamente hai pronunciato in modo sbagliato il nome di un vino francese! »

Centro. Le ragazze lo guardavano con muta ammirazione. Sigmund prendeva appunti con grande diligenza, poi si infilò il taccuino in tasca, sorridendo al cameriere.

« Vorremo il conto, se non è di troppo disturbo ».

Annuendo, il cameriere si ritirò in silenzio e velocemente.

« Ben gli sta, gli ci voleva proprio » disse Ellen Christine.

Piena di ammirazione Mika fece un cenno d'assenso.

« Accipicchia, mai sentito niente di simile! »

« Non sono disposto a tollerare tutto » concluse Olle, cercando a tentoni il fazzoletto che aveva lasciato nella toilette. Il cameriere tornò con il conto. Senza dire una parola lo lasciò davanti a Olle e poi scomparve rapidamente e in modo discreto. Olle lo guardò, poi lo spinse verso Sigmund. Facevano esattamente milleseicentocinquanta corone. Sigmund si alzò lentamente.

« Se ci volete scusare un attimo » disse. « Dobbiamo andare soltanto un attimo in bagno a... », lanciò un'occhiata a Olle, « ... a pettinarci ».

« Non pensavo costasse così tanto! »

Sigmund si era appena sciacquato la faccia. Si asciugò con uno degli asciugamani impilati vicino al lavandino.

« Quanto hai? »

Olle era sconvolto: era la cosa peggiore che potesse succedere e inoltre aveva appena fatto quella scenata al cameriere.

« Mille corone ».

« Devi chiamare tuo padre! »

« Non ne ho il coraggio. Andrebbe su tutte le furie se venisse a sapere che ho buttato tutti i miei risparmi al ristorante. E poi mi sembra giusto che contribuisca anche tu ».

« Ho solo cento corone ».

« Non rimane che telefonare a tuo padre ».

« No! »

« Ci penso io ».

Olle emise un profondo sospiro. Era sicuro che Mons li avrebbe aiutati a tirarsi fuori dai pasticci, ma non era altrettanto certo di quello che avrebbe detto dopo. Comunque, ogni cosa a suo tempo. Del resto era l'unica soluzione e lo consolava il fatto che Sigmund fosse disposto a occuparsi dell'aspetto pratico della faccenda. Ritornarono al tavolo dove li aspettava il cameriere.

« Abbiamo un piccolo problema » esordì Sigmund.

Il cameriere lo guardò con espressione interrogativa.

« Purtroppo abbiamo confuso una banconota da mille con una da cento ».

Il cameriere sembrò stranamente ringalluzzito.

« Aha » disse.

« Il che significa che abbiamo soltanto mille e cento corone ».

Il cameriere sfoderò un sorriso a ventiquattro carati.

« Vado a chiamare il mâitre ».

Il mâitre non sorrideva. Non era neanche più alto due metri: ora erano quattro. E i capelli sembravano di granito.

« Non potete pagare? » domandò lentamente.

« Noi andiamo un attimo in bagno » dissero in coro le ragazze alzandosi velocemente.

« Come vi capisco » commentò il cameriere che se ne stava dietro il mâitre e sembrava divertirsi enormemente.

« Il pagamento non è un problema » disse Sigmund.

« Mi fa piacere sentirlo dire » replicò il mâitre.

« Se possiamo usare il telefono, vorremmo chiamare Simonsen senior, così verrà lui qui a pagare e avremo risolto la questione ».

Il mâitre andò a prendere un cellulare che porse a Sigmund. Olle fissava il tavolo e si sentiva come un'acciuga.

«Pronto? Signor Simonsen? Sono Sigmund. Sono qui con junior. Sì, Olle. Senta, signor Simonsen, siamo qui al ristorante 'La stella'. Sì, 'La Stella'. Sì. Ristorante 'La stella'. No, siamo qui e, come dire, ci stiamo divertendo, ma è insorto un piccolo problema».

Dopo essere stato interrotto molte volte da uno stupito Mons, alla fine Sigmund riuscì a spiegare che mancavano cinquecentocinquanta corone per saldare il conto.

«Tutto a posto» disse al mâitre.

«Passami il telefono».

Sigmund fece come gli era stato detto.

«È Dahl che parla. Cosa? Benissimo. Allora facciamo così, signor Simonsen. No, nessun problema. Cosa? Sì, da quanto vedo, si sono proprio divertiti».

Spense il cellulare, sorridendo a Olle. Adesso non superava di nuovo i due metri di altezza.

«Bene, ragazzi. Tuo padre sarà qui entro un'ora».

E poi fu la volta delle danze. O ginnastica nonritmica o saltastica o come diavolo si potevano chiamare gli strani movimenti che Olle stava eseguendo sulla pista da ballo con Mika al traino. Che le altre coppie li guardassero stupefatti, non lo interessava affatto. Che Sigmund cercasse di inviargli dei segnali per fargli capire di calmarsi un po', gli importava ancora meno. La serata si era rivelata un fiasco e presto sarebbe arrivato suo padre a prenderlo. Peggio di così non poteva andare, perlomeno avrebbe mostrato loro un ballo che non avrebbero mai più scordato. E ci riuscì. Aveva visto un cartone animato dove Paperino e Paperina ballavano senza toccarsi. Lui fece lo stesso: le gambe si muovevano come bacchette da tamburo mentre saltellava su e giù per il locale, diritto come un fuso, con le ginocchia piegate e le mani distese come se stesse pagaiando in aria mentre spingeva il collo avanti e indietro come uno stantuffo. Mika si sforzò di afferrargli le mani. Lui le strinse, puntandole contro gli indici, proprio come aveva fatto Paperino. Poi cominciò a far oscillare le braccia avanti e indietro a tempo con i movimenti del collo mentre sorrideva amabilmente. Mika si ritrasse fissando l'indice che si avvicinava pericolosamente e che si fermò a un paio di centimetri dai suoi occhi, dove rimase a vibrare in aria per un attimo prima di ritirarsi per lasciare il posto all'altro dito. Olle si era spinto a ballare in un angolo del locale, dove continuò a saltellare in su e in giù mentre l'indice si muoveva a velocità impressionante come l'ago di una macchina per cucire. Gli altri ospiti continuarono a ballare, ma l'interesse che si era creato nei confronti della coppia nell'angolo del locale era indiscutibile.

L'orchestra da ballo polacca aveva finito di eseguire quel brano veloce e ora il cantante era passato a:

« I just called to say I love you... »

Olle si inchinò con garbo, porgendo le mani a Mika. Lei si appiccicò alla parete mentre fissava Olle terrorizzata.

« Grazie per avermi concesso questo ballo » mormorò Mika.

« Non vuoi più ballare? »

« Non sono capace di ballare come te » rispose piano. « Non lo so fare ».

Olle cercò per un istante una citazione del libro che fosse appropriata alla circostanza e la trovò.

« I giovani hanno il loro stile » disse placidamente.

Ritornarono al tavolo dove Sigmund stava prendendo appunti con grande zelo, mentre Ellen Christine beveva la sua gazzosa osservandolo con sguardo innamorato.

« Che ballo era quello che avete fatto? » chiese Ellen Christine al loro ritorno.

« Uno moderno » rispose Olle.

« Era incredibile. Come si chiama? »

Ci pensò per un attimo.

« Si chiama Ollska » disse Olle.

« Siete qui a spassarvela, vedo » commentò Mons che li aveva appena raggiunti.

Indossava un paio di vecchi pantaloni di velluto, una camicia sbiadita e una giacca grigia con le toppe di pelle sui gomiti. Si staccava decisamente dal resto dei presenti che in umore festaiolo animavano il ristorante. La voce era triste, parlava piano.

« Sì » disse Ellen Christine.

«Ci siamo divertiti un sacco» aggiunse Mika.

«Mi fa piacere» disse Mons. «Mi hanno lasciato entrare per un pelo».

«Forse» disse Sigmund amabilmente, «il suo abbigliamento non è del tutto...»

Tacque di colpo. A volte perfino Sigmund capiva quando era il momento di stare zitto.

Arrivarono il cameriere e il mâitre. Mons pagò la differenza. Tutti ringraziarono. Il cameriere e il mâitre sparirono.

«Vuole un bicchiere di gazzosa, signor Simonsen?» chiese Sigmund.

«Adesso vi porto a casa» rispose Mons dirigendosi verso il guardaroba.

Tutti e quattro si alzarono. Olle si dimenticò di spostare la sedia a Mika, ma lei ce la fece da sola. Mons tirò fuori i soldi per pagare il guardaroba, ma il responsabile disse:

«Non è necessario. Quello che si chiama Olle, mi ha chiesto di mettere tutto sul suo conto».

«Ah sì? Ha detto così?» commentò Mons precipitandosi fuori dal locale per prendere una boccata d'aria fresca.

«È tuo padre?» domandò il guardarobiere porgendo a Olle la sciarpa di seta.

Olle annuì in silenzio.

«Sei proprio viziato, eh?»

Olle non rispose.

«Se fossi tuo padre, spenderei un po' anche per me, non solo per te. Ha bisogno di una giacca nuova».

Prima di scendere dalla macchina le ragazze ringraziarono molto per la serata, affermando di essersi divertite immensamente e quando fu la volta di Sigmund, questi tese la mano a Mons.

«Molte grazie, signor Simonsen. Non me lo dimenticherò mai».

«Neanch'io» disse Mons. «E tanto meno i tuoi genitori. Ho telefonato loro per dire dove eravate».

«Posso dormire da te stanotte, Olle?» chiese precipitosamente Sigmund.

Tutti fecero orecchie da mercante perché Mons aveva già inserito la marcia della vecchia Lada. A casa, dopo un'esauriente delucidazione sulle finanze paterne, Olle venne spedito a letto. Lui stesso propose, come punizione per aver speso troppo, di andare a dormire senza lo spuntino serale. A Mons l'idea non parve per niente spiritosa. Non si poteva dire che fosse arrabbiato, ma sembrava che avesse perso le speranze e ricordava il modo di fare della mamma quando Olle faceva qualcosa di male. Il che era peggio. Per un attimo Olle ebbe voglia di raccontargli tutto: le lettere, il club di fan e l'esercizio a cui si doveva sottoporre prima di incontrare Fanny Mortensen a Horten. Magari suo padre lo avrebbe capito, forse no. Non lo avrebbe mai saputo perché non glielo disse.

«Buona notte» mormorò prima di ritirarsi in camera sua. Aveva mal di pancia e mal di testa.

Si addormentò e sognò di lottare contro un

guardarobiere, un cameriere e un mâitre, tramutati in mostri.

Quando si svegliò, era l'una e mezzo. Era sudato fradicio. Si alzò dal letto e andò in bagno, dove bevve un litro d'acqua e arruffò i capelli per distruggere le ultime tracce della scriminatura. Rimase a fissarsi nello specchio fino a quando gli sembrò di riconoscere nuovamente il suo viso. Mons gli apparve alle spalle.

« Scusa, papà, non lo faccio più » mormorò rivolto allo specchio.

Il sollievo che Mons provava riempì il bagno.

« Fare cosa? Andare al ristorante 'La stella'? »

« No. Essere così amabile ».

Il resto della notte Olle lo passò a fianco di Mons nel lettone, dalla parte dove aveva dormito la mamma. Era da tanto che non succedeva e lui sapeva che sarebbe stata l'ultima volta. Aveva tredici anni. Vicino a lui suo padre faceva finta di dormire. Si stava così bene.

11

Trascorsero due settimane senza che ricevessero notizie da Fanny Mortensen. La prima settimana Mika telefonò ogni giorno, ma Olle non aveva nessuna intenzione di vederla e trovava sempre una scusa fino a quando lei non chiamò più. Il club «Aiutiamo Fanny!» continuava a tenere i suoi incontri nella cava, ma erano, come dire, meno entusiastici di prima. Olle aveva restituito in biblioteca *Il galateo degli anni Novanta*, rifiutandosi di imparare a giocare a golf. Con Mons aveva cominciato a progettare un viaggio in Danimarca. Fanny Mortensen era diventata sempre più irreale.

Una settimana prima di partire trovò una lettera nella cassetta della posta: una busta azzurra con dei francobolli americani. A Mr. Olle Simonsen. L'aprì come se si trattasse di una bomba a orologeria, la lesse quattro volte, si fece una scriminatura mal riuscita e telefonò a Sigmund. Mezz'ora dopo era seduto sotto il telone, cercando di trattenere il tremolio alle mani mentre Sigmund leggeva:

Caro Olle,

tante grazie per la tua ultima lettera. Sei fortunato ad avere un figlio, a me i bambini piacciono molto. Ho preso parte a uno spot pubblicitario per una saponetta dove recitavo insieme a un ragazzino di nome Melvin Henderson, un vero rubacuori, per di più molto bravo come attore. Ho pensato a lui quando mi scrivevi di Olle jr. Sarebbero sicuramente diventati amici per la pelle se si fossero incontrati. Ma questo non avverrà mai. La vita non è una serie di casualità? Per esempio il fatto che tu mi abbia scritto e che io sarò a Horten il 3 agosto dove rimarrò per un po'. Non recito più in Soldi e Potere. *Ho litigato con il produttore dicendogli senza peli sulla lingua cosa pensavo di quella stupida soap opera, così lui ha convinto gli sceneggiatori a tagliarmi fuori: cado da un grattacielo durante una dimostrazione degli ambientalisti. Ne sono felice. Sono fatta così, non riesco a non essere sincera. Dico sempre quello che penso e se non sono capaci di rispettarmi per quello che sono, fa lo stesso. Figurati Olle, che tutto è iniziato per via di uno sciocco litigio sui soldi. Infatti Bill prende il doppio di me soltanto perché qui conosce tutti, per così dire. A quanto pare a Hollywood si pensa solo al denaro. Sicuramente leggerai di quanto è successo sui giornali perché l'episodio in cui cado dal grattacielo verrà trasmesso in Norvegia tra una settimana. Ti prego, non credere a tutto quello che scrivono, Olle! Mettono in giro così tante notizie false da non crederci. Il mio agente dice che è soltanto un bene per la mia carriera aver smesso con* Soldi e Potere. *La serie sta diminuendo di popolarità e il numero di telespettatori sta precipitando. Sono felice perché ho finito quando il gioco valeva ancora la candela. Ho ricevuto molte offerte di lavoro, ma non so cosa scegliere. Per il momento sto lavorando a un divertentissimo spot pubblicitario per un colluttorio. All'inizio sono triste, ma dopo aver fatto i gargarismi, sorrido. È un ruolo divertente e da triste divento felice in soli 20 secondi. Forse arriverà nei cinema norvegesi in autunno.*

Da come avrai capito, ho un bel po' di cose da fare, ma a volte sogno di abbandonare tutto. E ora il sogno sta per diventare realtà. Ne sono molto contenta e lo sarei ancora di più se anche l'altro mio sogno si avverasse: quello di incontrarti. E anche tuo figlio. Come ti ho scritto, i bambini mi piacciono molto. Caro Olle, come avrai intuito, per il momento la mia vita è un grande caos. Sarò a Horten a partire dal 3 agosto. Pensami qualche volta!

Tua Fanny.

Sigmund alzò gli occhi dalla lettera. Sorrideva soddisfatto.

«Lo sapevo! Fanny, *here we come*!»

Olle si pentì di aver mostrato la lettera a Sigmund, ma lui era come Fanny: non riusciva a non essere sincero.

«Non posso incontrarla».
«Perché no?»
«Ma sono... sono in Danimarca».
«Dì a tuo padre che preferisci andare a Horten».
«Nessuno va in vacanza a Horten».
«Invece sì, ci sono tante cose da vedere».
«Cosa?»
«Il museo della Marina Militare, per esempio, dove ci sono molte statue stupende».
«E di chi?»
«Del collaboratore di Roald Amundsen, il capitano Oscar Wisting, per esempio».
«E come fai a saperlo?»
«Ho letto e mi sono informato su Horten, cosa che dovresti fare anche tu. Inoltre c'è un bellissimo museo fotografico e anche un museo di auto d'epoca. Piacerà sicuramente a tuo padre. Anche lui ha un'auto d'epoca, no?»
«Ma niente affatto, è solo un po' vecchia».
«Potremmo pernottare al Grand Ocean. È un albergo con tanto di campi da golf».
«Non sono in grado di essere Olle Simonsen jr.».
«Ma certo che sì. Sei stato fantastico al ristorante 'La stella'».
«Avevo ancora mal di pancia dopo una settimana».
«Sii te stesso allora».
«Eh?»
«Non è lei a scrivere che non riesce a non es-

sere sincera? Questo significa che le piacciono sicuramente le persone leali».

«Sì, ma io non lo sono stato».

«No, ma adesso lo sei diventato. La sua lettera ti ha fatto capire che la sincerità dura in eterno».

«No!»

«E poi le piacciono i bambini».

«Dubito che sarà contenta quando mi conoscerà».

«Tranquillo. Starò per tutto il tempo nei paraggi. Se qualcosa dovesse andare storto, intervengo io».

Olle stava per chiedere a Sigmund come avesse pensato di intervenire, ma l'amico l'anticipò.

«Ora andiamo a casa a parlare con tuo padre».

«Ma...»

«Non ti fidi di me?»

«Sì, ma...»

«Bene, allora siamo d'accordo».

«Perché sei sempre tu ad averla vinta?»

«Perché ho sempre ragione» rispose Sigmund alzandosi.

«Gioca a golf, signor Simonsen?»

«No, ma sarebbe divertente provarci».

«Vero? Allora dovrebbe concedersi una vacanza all'Hotel Grand Ocean, un albergo magnifico che si trova vicino a più bei campi da golf di tutta la Norvegia».

Olle, Sigmund e Mons erano seduti in cucina a casa di Olle e stavano pranzando.

« Ah sì? » disse Mons.

« Ma certo » continuò Sigmund. « Si trova proprio nel cuore della zona del golf. In meno di un'ora di macchina si possono raggiungere dei bellissimi campi ».

« Accidenti! »

Mons guardò Sigmund con interesse. Olle cominciò ad agitarsi sulla sedia. Sigmund capì che il pesce stava per abboccare all'amo e continuò:

« Potrebbe, per esempio, passare un paio di giorni sullo splendido campo del Borre Golfclub ».

« Sì, potrebbe essere divertente » disse Mons. « Vuoi dell'altro latte e cacao, Sigmund? »

« Sì, grazie. Il Borre Golfclub offre un ambiente aperto e accogliente, oltre a campi adatti a tutti, dai professionisti ai principianti ai visitatori di tutte le età! Inoltre l'Hotel Grand Ocean è a disposizione per sbrigare qualsiasi incombenza pratica come sconti sulla quota per l'accesso ai diversi *green*, prenotazione dell'ora e *caddie* ».

Mons lo guardò stupito.

« Dimmi una cosa, Sigmund. I tuoi genitori hanno qualche interesse di tipo economico in questo albergo? »

« Oh no, signor Simonsen. È che mi lascio prendere dall'entusiasmo quando ne parlo. Giocare a golf nella splendida natura norvegese! Cosa si può volere di più dalla vita? »

Olle aveva l'impressione che Sigmund stesse esagerando un po' troppo, ma l'amico aveva tutto sotto controllo. Era in grado di far apparire normali le affermazioni più assurde. Se non diventava astrofisico, lo attendeva una brillante carriera nel campo della pubblicità. Mons sorrise a Olle.

«Potremmo farci un pensierino sopra per la prossima estate».

«Perché aspettare?» continuò Sigmund con entusiasmo. «L'Hotel Grand Ocean ha cento camere dotate di tutti i comfort, un porticciolo per gli ospiti, un ampio parcheggio, cibo squisito e un buon servizio a prezzi convenienti».

«Quest'anno andiamo in Danimarca» disse Mons. «Grazie per il suggerimento».

Sigmund era irriducibile.

«Perché andare in vacanza all'estero quando i campi da golf sono qui a casa nostra, verdi e invoglianti?»

Adesso suo padre avrebbe capito che c'era sotto qualcosa. Macché!

«In effetti non hai tutti i torti, ma Olle e io non vediamo l'ora di fare un giro al Tivoli».

«Scommetto che invece preferirebbe andare all'Hotel Grand Ocean. Vero, Olle?»

Olle era rimasto seduto in silenzio, piluccando nel piatto mentre Sigmund teneva la sua orazione. Fino all'ultimo aveva sperato che suo padre avrebbe deciso a favore della Danimarca. La sua voglia di visitare il Tivoli era genuina. Aveva perfino covato l'idea di vincere la paura e di fare un giro sulle montagne russe. Così avrebbe avuto qualcosa da raccontare ai suoi nuovi compagni di scuola prima che cominciassero anche loro a chiamarlo Pappamolle. «Quest'estate sono stato al Tivoli e mi sono fatto un giro sulle montagne russe». Sarebbe stato un bel modo di iniziare tre lunghi anni alle scuole medie. Invece adesso Sigmund aveva preso suo padre all'amo e allo stesso tempo gli aveva ceduto la canna. Si trattava soltanto di avvolgere la lenza.

«Per me fa lo stesso» disse.

In questo modo lasciava la decisione nelle mani di suo padre, mostrando allo stesso tempo a Sigmund che non accettava la cosa di propria volontà, ma sotto forti pressioni. Mons lo guardò sorpreso.

«Davvero?»

«Sì. Decidi tu, papà» aggiunse coraggiosamente.

'Mandatemi pure al Polo Nord o dove diavolo volete. Tanto che me ne importa' pensò.

«In effetti ci costerebbe molto meno» disse Mons. «Forse sarebbe un'idea».

«È un'idea fantastica» insistette Sigmund. «Posso venire anch'io?»

«Sì, se i tuoi genitori ti danno il permesso» disse Mons.

«Lo faranno di sicuro. Non vedo l'ora di partire».

«Allora è deciso» concluse Mons con soddisfazione. «Dove si trova l'albergo?»

«A Horten» mormorò Olle.

Mons li guardò con occhi sbarrati: un pesce

che non riusciva a capire come fosse finito sulla terraferma.

« A Horten? »

« Con un proprio *green* sul tetto per fare riscaldamento prima di cominciare a giocare e per allenarsi al proprio *putt* » snocciolò Sigmund in fretta e furia. « Chiamo casa per chiedere il permesso ».

I genitori di Sigmund temevano, e con un po' di ragione, che il loro figlio maturasse troppo velocemente, perdendo così parte della sua fanciullezza. In fondo aveva solo tredici anni anche se parlava come un adulto. Che il suo miglior amico fosse il timido Olle, che aveva addirittura qualche mese meno di lui, li tranquillizzava alquanto. Per questo non dissero di no quando il figlio chiese loro il permesso di andare a Horten con Olle e suo padre. Anche Mons era contento dell'amicizia tra i due ragazzi. Aveva paura che Olle si sarebbe trasformato in un solitario, ma era evidente che il ragazzo rifioriva in compagnia di Sigmund.

Sigmund rimase da loro tutto il giorno, dirigendo con entusiasmo la programmazione del viaggio a Horten. Tirò fuori un paio di pieghevoli pubblicitari che per caso aveva in tasca. Mons li lesse con interesse. Vi trovò le stesse identiche frasi che aveva usato Sigmund quando si era sprecato in lodi sperticate sull'Hotel Grand Ocean. Mons provò un certo sollievo nello scoprire che quelle belle parole non erano farina del suo sacco, ma che Sigmund le aveva imparate a memoria da un opuscolo. Lo rendeva un po' più normale. Prenotò una doppia e una singola all'albergo, pregustando già il momento in cui avrebbe provato la mazza. Considerava il golf uno sport piuttosto innocuo. La cosa peggiore che gli poteva accadere era ricevere una pallina in testa, ma perfino Mons la riteneva una possibilità poco plausibile.

Quella sera, seduti tutti e tre sul divano e armati di Coca-Cola e patatine, erano pronti in attesa della puntata settimanale di *Soldi e Potere*.

Rebecca Jones era in piedi sul davanzale della finestra spalancata di un grattacielo. STOP THE MADNESS, fermate la follia, c'era scritto sul manifesto che reggeva sopra la testa. Sembrava più triste del solito. Le persone che affollavano la strada sottostante parevano dei lillipuziani. Niente di strano, visto che la finestra si trovava al sessantottesimo piano.

«Avrebbe dovuto scegliere un piano più in basso» commentò Mons. «Nessuno può leggere quello che c'è scritto sul manifesto».

Né Olle né Sigmund risposero. Si servivano in continuazione di patatine con movimenti meccanici e a gran velocità.

«C'è bisogno di un telescopio per leggere quello che c'è scritto» continuò Mons.

«Adesso si butta» mormorò Olle.

«Ma no» disse Mons con tono tranquillizzante. « Queste cose succedono soltanto nella realtà, non nei film ».

« Vogliamo scommettere? » chiese Sigmund senza distogliere lo sguardo dallo schermo.

« Scommettere? E su cosa? »

« Se si butta o no ».

« Per me va bene. Mezza corona? »

« No, una cena lussuosa al ristorante 'Fishland' ».

« Cosa? »

« Al Grand Ocean. Se si butta, paga lei, se non si butta, pago io ».

Mons lanciò un'occhiata allo schermo. Rebecca Jones era ancora in piedi sul davanzale della finestra. Perché non fare uno scherzetto a Sigmund, così, a mo' di lezione? Era sicuro che quella volta del ristorante era stato lui a convincere Olle a scegliere un posto lussuoso e adesso voleva rimpinzarsi un'altra volta. Mons sorrise tra sé: la cosa si preannunciava divertente. Quando Rebecca sarebbe rientrata carponi nel grattacielo, lui avrebbe allargato le braccia, aggiungendo che questa volta purtroppo sarebbe toccato a Sigmund pagare un conto salato, ma che i debiti di gioco sono debiti d'onore e che la parola data è sacra. Ovviamente non avrebbero cenato in nessun ristorante di lusso, ma non aveva intenzione di rivelarlo prima di essere arrivati a Horten. Avrebbe detto due parole su quanto fosse pericoloso scommettere e avrebbe invitato i ragazzi a mangiare una pizza.

«Per me va bene» disse. «Spero che le tue finanze godano di ottima salute».

Nel momento in cui pronunciò queste parole, Fanny Mortensen precipitò dal grattacielo come un sacco.

Anche se Olle era preparato a quello che sarebbe successo, sussultò. Dovette chiudere gli occhi per un attimo. Quando li riaprì, Fanny Mortensen era sdraiata a terra, con il volto sull'asfalto. Olle provò un odio violento nei confronti dell'avaro produttore.

«Non doveva» disse piano.

Mons fissò Sigmund con gli occhi spalancati e il mento cascante.

«Ma... ma... come facevate a sapere che...?»

«Ne avevamo il presentimento» rispose Sigmund. «A quanto pare ha perso la scommessa».

«Ma... ma... io non pensavo... Voglio dire... non abbiamo mica scommesso sul serio?»

Sigmund lo guardò con espressione di rimprovero.

«I debiti di gioco sono debiti d'onore, signor Simonsen, e la parola data è sacra».

12

1° agosto. Il traghetto per l'isola di Bastøya stava navigando da Moss a Horten. Era pieno di camionisti, turisti e villeggianti che stavano andando o tornando dalle ferie. Aveva diluviato per cinque giorni su tutta la Norvegia orientale e l'umore a bordo non era brillante. Nella zona riservata ai fumatori della caffetteria sedeva Mons Simonsen, che senza saperlo, era uguale identico al miliardario, nonché alpinista, Olle Simonsen senior. Mentre beveva caffè nero e fumava la pipa, si chiedeva come avesse fatto a finire lì. Nella zona per non fumatori c'erano suo figlio Olle alias Olle junior in compagnia del suo amico Sigmund. Si erano messi d'accordo sul fatto che Olle sarebbe stato solo *un poco* sincero. Avrebbe continuato a fingere di essere Olle junior, ma non si sarebbe arricciato i capelli, né avrebbe fatto finta di padroneggiare il galateo degli anni '90. Sarebbe stato se stesso: un comunissimo figlio di un miliardario.

Secondo Sigmund era meglio così. Olle poteva sicuramente ingannare Mika ed Ellen Christine facendo loro credere di essere un gentiluomo in miniatura, ma Fanny Mortensen frequentava di certo giovani di mondo e avrebbe notato che la sua cortesia non era del tutto genuina. Il figlio di un miliardario un po' sventato e arruffato era più adatto, disse Sigmund. Olle aveva replicato che non si sentiva né sventato né arruffato. Era quasi peggio di felice e amabile.

« Che ne pensi allora di un tipo taciturno e pensoso? » aveva detto Sigmund. « In fondo è quello che sei ».

« Io non sono taciturno e pensoso. Io sono timido e confuso ».

« Ma dai l'impressione di essere taciturno e pensoso. È questo che ti rende così eccitante ».

Anche se Olle sapeva che Sigmund lo stava adulando soltanto per costringerlo a seguire il suo piano, provò una punta di piacere. Taciturno e pensoso. Sì, forse lui era proprio così.

Si mise a fissare il mare e la pioggia che rigava il vetro della finestra. La navigazione da Moss a Horten durava quaranta minuti. C'era un forte vento e il traghetto arrancava dondolando tra le onde. Olle era taciturno, pensoso e aveva un po' di nausea. Probabilmente era uno dei primi che era riuscito a farsi venire il mal di mare nel tratto Moss-Horten. Anche questo era una specie di record.

« Non finisci la Coca-Cola? » chiese Sigmund.

Olle si precipitò alla toilette, ma non stava abbastanza male da riuscire a vomitare.

Quando ritornò al tavolo, vi trovò suo padre.

« Bene, ragazzi. È ora di risalire in macchina ».

Sul ponte per le autovetture faceva freddo. L'aria era impregnata dell'odore di olio, benzina e diesel, cosa che non aiutava di certo a far passare la nausea. Salirono in macchina, aspettando il loro turno di scendere a terra. Mons accese il motore.

« Mi viene da vomitare » disse Olle, che sedeva davanti accanto al padre.

« Un sacchetto di plastica! » urlò Mons. « Sigmund, lì dietro c'è un sacchetto? »

« No » rispose.

« Ulp! » fece Olle.

Le macchine davanti a loro avevano cominciato a muoversi.

« Cerca di trattenerti fino a quando siamo a terra! » disse Mons, cercando di accendere il motore. Niente da fare.

« Dai, su » mormorò disperato mentre girava la chiave. Il motore sembrò tossire leggermente. Le macchine dietro di loro cominciarono a suonare il clacson.

« Apri il finestrino! » gridò Mons mentre girava un'altra volta la chiave. « Non vomitare in macchina! Oh, finalmente si è messa in moto. Avevo inserito la marcia sbagliata. Tieni duro, Olle! Tra poco siamo a terra! »

La macchina abbandonò lentamente il traghetto. Olle sedeva con la testa fuori dal finestrino. Continuava a deglutire mentre superavano l'uomo che dirigeva la coda dei veicoli. Erano a Horten. Era riuscito a superare il viaggio in mare senza vomitare e fra due giorni avrebbe incontrato Fanny Mortensen.

Mons ebbe una camera singola che aveva come panorama il parcheggio, i ragazzi una doppia che dava sul porticciolo. Mentre disfacevano le valige, si preparavano al grande incontro.

«Adesso io sono Fanny» disse Sigmund, «e tu sei tu. Vi incontrate per la prima volta. Cosa dici?»

«Non credo di dover dire niente. Sono, come dire, taciturno e pensoso».

«Ma devi dire qualcosa. Non puoi essere tutto il tempo taciturno e pensoso».

«Allora dico 'buongiorno'» disse Olle.

«Chi sei?»

«Perché me lo chiedi? Lo sai, no?»

«Sì, ma Fanny non lo sa».

«Ah già».

«Chi sei?»

«Questo non lo dico a nessuno» sussurrò Olle.

«Eh?»

«Devo o no essere me stesso? E se è così, di sicuro non oso dire chi sono. È troppo imbarazzante».

«Dì chi sei!»

«Sono Olle junior» mormorò Olle.

«Ma allora sei tu!» esclamò Sigmund con uno splendido sorriso. «Non vedevo l'ora di fare la tua conoscenza. Abbiamo così tante cose di cui parlare».

«Come è stato il viaggio?» chiese Olle con voce rauca.

«Il viaggio è andato benissimo. È meraviglioso essere nuovamente in Norvegia. Tuo padre mi ha detto tante cose su di te».

Olle cercò disperatamente qualcosa da dire, ma l'unica cosa che gli venne in mente fu:

«Mi chiamo Olle».

«Non è necessario ripeterlo due volte».

«Voglio che le rimanga impresso. Il mio nome è Olle».

«Dimentica il galateo. Sii te stesso».

«Non ci riesco» rispose Olle infelice.

«Ma sei tu che lo volevi».

«Credo di non essere in grado di essere neanche me stesso».

«E chi vuoi essere allora?»

«Se potessi scegliere, nessuno» disse Olle con un filo di voce.

Sigmund sospirò.

«Non puoi tirarti indietro proprio adesso. Ti sei portato dietro qualcosa di sportivo?»

«Ho portato la tuta da ginnastica».

«Infilatela».

«Perché?»

«Forse ti aiuterà a sentirti più rilassato».

«Ma non posso incontrare Fanny in tuta!»

«Certo che puoi. Molti miliardari indossano la tuta».

Olle se la mise.

«Cammina avanti e indietro».

Olle eseguì. Non si sentiva molto rilassato.

«Come sto?» chiese nervosamente.

«Non male, ma manca qualcosa».

«Lo so».
«Mettiti in testa questo».
Sigmund tirò fuori dalla valigia un berretto nero, su cui c'era scritto GOLFISTA.
«Mi rifiuto» rispose Olle, infilandosi il berretto.
«Giralo».
«Perché?»
«È molto più da duri».
Olle girò il berretto.
«Bene. Cammina avanti e indietro un'altra volta. Come dire, in modo sciolto e noncurante».
Così fece. All'inizio fu un disastro, ma Sigmund era un istruttore paziente che sapeva incoraggiare il suo allievo.
«Sì, così, sì. Adesso va molto meglio. Ora io sono Fanny. Cosa dici?»
«Sa quanto pesa una pallina da tennis?»
«OK» fece Sigmund lentamente. «Proviamo qualcos'altro. Mettiti il vestito».
Olle si era portato dietro l'abito scuro, la camicia bianca e la cravatta, che avrebbe indossato quando avrebbero cenato al ristorante «Fishland». Lo indossò.
«Come sto?» chiese nervosamente.
«Elegante. Prova a camminare».
«Dove?»
«Avanti e indietro. Così, sì. Meraviglioso. Elegante. Parla!»
«Cosa devo dire?»
«Quello che ti pare. Basta che parli. Fai finta

di essere il figlio di un miliardario abituato a girare con l'abito scuro».

«Non ci riesco».

«Sì che ci riesci. Devi solo immedesimarti nel vestito. Proprio come fai quando scrivi le tue lettere. Dai, forza».

Lentamente Olle cominciò a parlare. Prima con voce esitante, poi con sempre maggiore scioltezza. Senza pensare, lasciò che le parole gli uscissero liberamente dalla bocca, come quando si era messo a raccontare della traversata del ghiacciaio o scriveva le sue lettere a caccia di autografi, e mentre parlava, scoprì di non essere più Olle Simonsen. Era Junior. Cominciò a lodare la natura norvegese che amava così tanto, prese a raccontare episodi divertenti che gli erano successi a scuola, parlò dei compagni di classe invidiosi perché avevano meno soldi da spendere di lui, di avvincenti partite di tennis dove era riuscito a malapena a strappare la vittoria, di viaggi interessanti in paesi esotici, di paparazzi fastidiosi che perseguitavano Olle senior e della solitudine che provava nell'essere diverso dagli altri. Perché in fondo era quello che lui era: il figlio *sui generis* di un miliardario. La cosa più sorprendente era che non sembrava affatto mentire. Pareva autentico. Non faceva finta di essere Olle Simonsen junior: lui *era* Olle Simonsen junior. Le parole gli venivano da sole. Gli bastava prenderle e pronunciarle mentre camminava per la stanza. A volte con fare pensoso e le braccia raccolte dietro la

LE PAROLE GLI VENIVANO DA SOLE
Alice
and
bel,
the
it in
large
to say «D
to do
said,
see
for
had
had

schiena, altre volte gesticolando e parlando con impeto. Alla fine si fermò davanti a Sigmund e lo fissò negli occhi con un sorriso malinconico sulle labbra.

« Sai, Fanny » disse Olle junior. « A volte desidererei essere un ragazzo come tutti gli altri. Capisci cosa intendo dire? »

Sigmund annuì in silenzio. Era incantato. Aveva sì sperato di riuscire a tirar fuori i lati nascosti di Olle, ma una trasformazione così stupefacente non se l'era nemmeno sognata.

« Come sono andato? » chiese Olle timoroso. In meno di un secondo era ritornato se stesso.

« Sei stato... fantastico ».

« Lo pensi davvero? »

« È la cosa più incredibile che abbia mai visto in vita mia. Come hai fatto? »

« Non lo so. L'ho fatto e basta ».

Sigmund annuì vigorosamente.

« Capisco » disse.

Olle sapeva che non era possibile. Sigmund era molto più bravo di lui a pensare, ma non possedeva la fantasia necessaria per comprendere che per Olle tutto diventava molto più semplice quando riusciva a non pensare. Quando pensava, ogni cosa si ingarbugliava e si complicava, proprio come era successo alla scuola di ballo. Ma quando non pensava, era esattamente come se diventasse una persona totalmente diversa. Tutto era facile, bastava liberarsi da se stesso.

«Credo che dipenda dal fatto che sono molto più bravo nel non essere me stesso che nell'esserlo» disse lentamente.

«Sì» rispose Sigmund. «Credo che questa sia la spiegazione giusta».

Pronunciò quelle parole con una punta di superiorità e Olle sapeva che era perché si sentiva insicuro.

Quando lasciarono la camera, Sigmund aprì la porta e fece passare Olle per primo. Un gesto giusto e sbagliato allo stesso tempo.

Mons era seduto alla *reception* e stava leggendo un giornale locale. Quando i ragazzi scesero, li guardò con aria misteriosa.

«Sapete chi arriverà giovedì?» chiese.

«No, signor Simonsen» rispose Sigmund. «Non ne abbiamo la più pallida idea».

«Fanny Mortensen!»

«No, ma guarda!» commentò Sigmund.

«Che sorpresa!» farfugliò Olle arrossendo.

«Sì» continuò Mons soddisfatto. «L'andranno a prendere all'aeroporto di Oslo con la limousine e ci sarà un ricevimento in suo onore qui in albergo con tanto di cena al ristorante «Fishland». Scommetto che qui brulicherà di fotografi e giornalisti».

«Sì, ci può contare» disse Sigmund.

Mons fece l'occhiolino a Olle.

«Sentite ragazzi, ho un'idea. Vi ho ben promesso una cena al ristorante 'Fishland'. E se provassi a prenotare un tavolo per giovedì?»

«Geniale» commentò Sigmund.

«Magnifico» mormorò Olle.

Mons gli sorrise.

«Se sei fortunato, magari riesci ad avere il suo autografo. Sarebbe un bel colpo, eh?»

«Sì» disse Olle, «proprio un colpo».

«Prenoto subito il tavolo» aggiunse Mons. «Speriamo solo che non sia già tutto pieno».

«Sarebbe un vero peccato» disse Olle mentre incrociava le dita nella speranza che il ristorante fosse stracolmo.

Ma no, era rimasto ancora un tavolo e glielo assegnarono. Olle chiuse gli occhi. Se fosse solo riuscito a non pensare, tutto sarebbe andato bene, ma per riuscire a non pensare, non doveva pensare al fatto che non doveva pensare, cosa alquanto difficile visto che avrebbe incontrato la lei a cui pensava quasi tutto il tempo.

Per tutta la sera Olle si allenò a non pensare a quello a cui pensava. Sia Mons sia Sigmund erano di ottimo umore: si ingozzarono di pizza ai peperoni mentre Olle cercava di tenere il loro ritmo.

Il mattino dopo Mons prese a noleggio l'attrezzatura da golf. Voleva allenarsi al suo *putt* sul tetto mentre Olle e Sigmund esploravano Horten. Che piovesse ancora a catinelle, non aveva alcuna importanza. Per un vero golfista qualche goccia di pioggia non rappresenta un ostacolo e Mons si allenò a eseguire i suoi *putt* con indosso l'impermeabile e il berretto che aveva preso in prestito da Sigmund, mentre i ragazzi sguazzavano per il centro, mangiando gelato e noccioline. Dopo, andarono tutti e tre al museo della Marina Militare, e Sigmund fu una guida eccezionale: sapeva quasi tutto del museo e fece sì che la visita fosse un'esperienza memorabile per gli altri due. Poi cenarono e infine andarono al cinema, dove videro una commedia americana che contribuì a migliorare ulteriormente l'umore di Mons e Sigmund. Quello di Olle, al contrario, era in rapido calo. Ora restavano solo una notte e un mattino. Il conto alla rovescia era cominciato ed era impossibile non pensarci. Quando si fu coricato, cominciò a contare le strisce della giacca del pigiama. Erano tredici, proprio come aveva pensato. Sospirò, augurò la buona notte a Sigmund e spense la luce.

Di soprassalto si trovò seduto sul letto: si era svegliato con la sensazione che sarebbe successo qualcosa di terribile, ma non riusciva a capire cosa fosse. Vide Sigmund in piedi vicino alla finestra e di colpo ricordò tutto. Si sdraiò nuovamente, chiedendosi se era il caso di cercare di dormire ancora un po'. Rimandare di mezz'ora il momento in cui si sarebbe alzato per affrontare la giornata e...

« Guarda, non piove più! »

Sigmund aprì le tende e si avvicinò al letto. Olle fece finta di dormire.

« Svegliati, Olle! Oggi è il grande giorno! »

Olle aprì appena gli occhi. Sì, oggi era il grande giorno. E domani era un altro giorno. Era quello che pensava sempre quando doveva andare dal dentista, ma qui la posta in gioco era molto peggio che trapanare un dente. Era così terribile che non riusciva neanche a rallegrarsi all'idea del giorno successivo perché dopo quel giorno niente sarebbe stato come prima. Avrebbe subito la più grande sconfitta della sua vita e di quella sconfitta non si sarebbe mai più liberato: avrebbe continuato a perseguitarlo finché campava. Infatti, per quanto riuscisse ad autoconvincersi di essere il figlio di un miliardario, sarebbe stato scoperto. Ne era sicurissimo. E il ricordo del terribile incontro con Fanny Mortensen lo avrebbe reso ancora più fifone, ancora più vergognoso e ancora più timido di quanto già non fosse. Allora sì che sarebbe diventato davvero un Pappamolle. Per sempre. Si alzò lentamente dal letto.

« Sì » disse. « Oggi è il grande giorno ».

13

« Cosa prendete, ragazzi? »

Mons alzò gli occhi dal menu. Era seduto vicino a Sigmund e con lo sguardo controllava tutta la sala del ristorante. Olle, seduto di fronte a loro, fissava la parete alle loro spalle. Si era piazzato lì non appena erano entrati nel locale. Suo padre si era offerto di scambiare posto con lui per permettergli di godersi l'entrata di Fanny Mortensen, ma aveva rifiutato. Le stelle del cinema non lo interessavano poi così tanto, disse, e voleva cenare in pace. Sperava ancora di riuscire a posticipare l'incontro con Fanny di un paio di giorni. Quando Mons gli domandò se aveva intenzione di chiederle l'autografo, ebbe la tentazione di rispondere che aveva smesso di fare la collezione. E ogni volta che Sigmund gli avrebbe strizzato l'occhio, perché era certo che sarebbe andata così, avrebbe fatto finta di niente. Se aveva un pizzico di fortuna, magari sarebbe rimasto intossicato dal cibo, così poteva ritirarsi in modo discreto nella sua camera. Le possibilità erano tante. Le prese in considerazione una per una e le scartò una per una.

« Pesce » disse. « Mi piacerebbe mangiare del pesce ».

Mons rise.

« Ci mancherebbe altro, questo è un ristorante dove si mangia solo pesce, ma quale? »

« Io prendo del filetto di merluzzo in salsa di gamberetti » disse Sigmund, « e una Coca-Cola, se posso ».

« Per me sogliola al vino bianco » ordinò Mons. « Olle? »

« Hanno pesce crudo? » chiese Olle.

Aveva sentito dire che il pesce crudo poteva essere avariato, anche se era poco probabile in un ristorante così.

« Hanno del salmone crudo preparato in modo particolare » disse Mons leggermente sbalordito. « Ma perché vuoi del pesce crudo? »

« Mi piace il pesce crudo ».

« Non me l'hai mai detto prima ».

« No. È per questo che lo dico adesso ».

Aveva cominciato a sudare ancora prima di entrare nel ristorante e ora la camicia era fradicia. Si sentiva un pesciolino che stava finendo in fondo al mare, dove granchi e pesci predatori pericolosissimi l'aspettavano per papparselo in un boccone. Anche la giacca dell'abito stava cominciando a inzupparsi di sudore e le mani sembravano due spugne che trasudavano acqua tiepida. Se nel corso della serata fosse stato costretto a stringere la mano a Fanny Mortensen, si sarebbero fatti tutti e due una doccia con i fiocchi.

« E cosa vuoi da bere, Olle? »

« Un bicchiere d'acqua ».

«Non vuoi anche tu una Coca-Cola?»
«Sì, grazie».
«Naturalmente se preferisci l'acqua, prendila pure».
«Sì, grazie».
«Cosa vuoi, acqua o Coca-Cola?»
«Forse le vuole tutte e due?» intervenne il cameriere, che, in piedi vicino al tavolo, stava prendendo nota.
«Grazie mille» disse Olle.
Il cameriere se ne andò e Mons cominciò a raccontare storie di pesca di quando, da ragazzo, era andato in vacanza a Savalen. Sigmund ascoltava interessato, mentre Olle non sentiva una parola anche se annuiva meccanicamente ogni volta che suo padre si interrompeva.
«Pescare con la mosca» diceva Mons. «Secondo me è il meglio, anche se non sono un esperto e non so le volte che la mosca mi si è impigliata in un albero alle mie spalle. Ma che ci si diverta un mondo, questo è garantito».
«Mi ha convinto, signor Simonsen» disse Sigmund.
«Dovremmo provarci qualche volta, Olle» aggiunse Mons con entusiasmo.
«Cosa?»
«La mosca».
«È buona da mangiare?»
Mons stava per spiegargli che si trattava di un particolare tipo di esca, e non che avrebbero pescato mosche quando in quel momento sentirono

delle risate e un brusio di voci provenire dal guardaroba. Un uomo disse:

« Sì, Fanny, qui si mangia pesce freschissimo, appena pescato ».

Poi si sentì un gridolino estasiato e una voce, inconfondibile per chiunque avesse visto *Soldi e Potere*, esclamò in modo che nessuno avventore rischiasse di non sentirla:

« Oh, amo questo paese! »

Fanny Mortensen era tornata a casa.

Sigmund e Mons sedevano tenendo in mano ognuno un panino. Fissavano Fanny con gli occhi a palla masticando automaticamente. Sembrava stessero guardando la TV ed era l'impressione che avevano anche loro: stavano assistendo in diretta a una soap opera da Horten e Fanny Mortensen appariva tanto lontana e allo stesso tempo tanto vicina come era stata Rebecca Jones quando si stava per buttare dal sessantottesimo piano. Questa non era la realtà, era un episodio della splendida serie televisiva sulla vita di Fanny Mortensen. E loro erano il pubblico. Olle fissava la parete. Si sentiva salire salire sulle montagne russe più alte del mondo. Avvertiva un terribile risucchio allo stomaco, ma era troppo tardi per tornare indietro. Tra poco avrebbe cominciato a precipitare verso il basso. Sarebbe stato terrificante, ma il peggio in assoluto fu l'attimo in cui raggiunse la cima, il secondo in cui il vagoncino sostò quasi immobile sul punto più alto. Ora era lassù.

« Olle, guarda » mormorò il padre.

« È proprio dietro di te » sussurrò Sigmund.

Le loro voci non erano voci, ma il vento che soffiava lassù.

« Girati » mormorò Sigmund. « Girati, Olle ».

Non voleva, ma era obbligato. Non poteva più tornare indietro. Girò la testa. Lentamente e in modo meccanico. Poi si irrigidì e rimase seduto immobile mentre il vagoncino rimbombava verso il basso.

Fanny Mortensen era al centro della sala. Indossava un vestito bianco, corto e una giacca bianca. Al collo pendeva una catenina d'oro con una pietra verde, scintillante. I capelli erano dorati, la pelle era pallida come avorio e il contorno dei capezzoli era visibile sotto la camicetta. Il suo viso era rivolto verso Olle, ma lui sapeva che non lo stava guardando. Fanny stava fissando tre fotografi che continuavano a scattare foto mentre lei sorrideva mettendo in mostra denti bianchissimi e un paio di occhioni incredibilmente azzurri. Mosse la testa in modo che una ciocca di capelli le cadesse in avanti, coprendole un occhio. Poi buttò nuovamente la testa all'indietro e si passò le dita tra i capelli mentre tendeva il busto in avanti in modo che il seno sotto la camicetta si stagliasse ancora più nitidamente. Spalancò le braccia, sorridendo agli altri ospiti, come se chiedesse scusa per tutto quel trambusto. Ma i fotografi non demordevano: adesso l'avevano in pugno e non volevano lasciarsela scappare. I flash si sprecavano mentre lei sorrideva instancabile.

Era intrappolata da tre fotografi assetati di sangue, che erano all'oscuro di tutto: non sapevano che la famosa stella del cinema Fanny Mortensen in realtà era un uccellino chiuso in gabbia che sognava di spiegare le ali per librarsi libera su nel cielo, dove avrebbe potuto essere se stessa e non la bambola felice e appagata che tutti pensavano fosse.

Olle avvertì una sensazione di calore alle guance. Dietro la fronte, il calore si stava irradiando ovunque, come un incendio che si stesse sprigionando nel cervello. Fiamme invisibili che stavano divorando tutta la sua paura, la timidezza, l'insicurezza che si era portato appresso tutta la vita. I suoi pensieri ardevano fino a non essere più pensieri, ma una rabbia rovente che lo riempiva, trasformandolo in un'altra persona. Ora non era più Olle Simonsen e neanche Olle Simonsen junior: era suo fratello, l'unica persona al mondo che capiva quello che lei stava provando. Anche lui un tempo era stato piccolo e spaventato, ma si trattava di tanto tempo fa. Ora era il fratello maggiore e la guardia del corpo Olle, l'unico che fosse in grado di proteggerla dalla cattiveria del mondo. Si alzò dalla sedia.

«Non puoi andare a chiederle l'autografo adesso» disse suo padre. «Devi aspettare che abbiano finito di fotografarla».

Olle lo guardò con espressione gelida.

«A volte un ragazzo deve fare quello che deve» disse.

Si girò e si avviò con passo deciso verso Fanny, superando i fotografi. Lei stava ancora sorridendo quando la raggiunse, ma vide che era un sorriso forzato. La fanciulla era in difficoltà e lui doveva liberarla da chi la tormentava.

« Ti aiuterò io, Fanny » disse con calma. « So che tipi sono ».

Senza attendere risposta, si voltò verso i fotografi.

« OK, gente. Credo che per oggi basti così ».

Prima calò il silenzio, poi uno dei fotografi cominciò a ridere. Niente di nuovo: la gente aveva riso altre volte di lui. Non ci fece caso.

« Sì » proseguì tranquillo. « È proprio divertente, vero? Molto divertente, potremmo dire. Tormentare chi non è in grado di difendersi è una delle cose più divertenti che sapete fare, ma adesso la festa è finita ».

Parole sante. Nel ristorante regnava un silenzio assoluto. Mons si era alzato in piedi, paonazzo in volto. Sigmund lo tirò per un braccio.

« Si sieda, signor Simonsen » sussurrò. « Penso che sia meglio così ».

Dopo essersi accasciato sulla sedia, Mons affondò la testa tra le spalle.

« Non capite che è un essere umano? Sì, anche lei » disse Olle a voce alta e scandendo bene le parole. « Un essere umano! Ma voi non sapete cosa voglia dire, vero? Perché credete che lei sia soltanto una bambola, no? Una bambola con cui potete fare quello che vi pare e piace. La pedinate

AL MIO PAPÀ NON
PIACCIONO
I GIORNALISTI
come
uccelli
sibilità di
ra, niente
L'industria
BASTA

ovunque per scattare queste maledette foto che vi faranno guadagnare un mucchio di soldi. Così diventerete ricchi come... » non gli venne in mente nessun altro nome, « ... come zio Paperone! »

All'inizio sembrò che i fotografi fossero sul punto di perdere la pazienza, ma all'improvviso quello che aveva riso, sollevò la macchina fotografica e si mise a scattare. Olle spalancò le braccia per proteggere Fanny, ma il fotografo continuò imperterrito, poi cominciarono anche gli altri. I loro volti erano nascosti dalle macchine fotografiche, sembravano mostri che sparassero pericolosissimi raggi di luce, ma non era Fanny che avevano nel mirino: era lui, la Guardia del Corpo Olle Simonsen.

« Sparate pure! » urlò. « Tanto non abbiamo paura di voi! »

Sentì dei passi alle sue spalle: era Fanny. Adesso era in piedi accanto a lui. Olle le passò un braccio intorno alla vita per proteggerla. Lei continuava a sorridere. Sì, sembrava quasi allegra. Anche lei gli passò un braccio intorno alla vita. Ora doveva sentirsi più sicura. E aveva ragione, lui non l'avrebbe tradita.

« Siamo qui! » urlò. « Pensate di averci catturato, ma vi sbagliate. Perché noi ce ne freghiamo di voi. Siamo come gli uccelli e voleremo liberi nel cielo. Mentre voi siete soltanto delle povere, miserabili... pappamolle! »

Tacque. Rimase immobile, senza pensare. I flash continuavano a grandinare mentre Fanny sorrideva. Gli dava delle pacche affettuose sulla testa, ammiccando ai fotografi.

« Quanto sei dolce » disse lei. « Come ti chiami? »

« Mi chiamo Olle » rispose Olle. « Olle Simonsen. È il mio nome ».

Fu un errore. Quando sentì il suono del suo nome, non fu più in grado di fare a meno di pensare. Il fuoco che gli divampava nel cervello si spense e i pensieri gli crollarono nella testa come una paurosa valanga di neve e ghiaccio. Cosa aveva fatto? Perché diavolo era lì? Doveva essere impazzito. Rosso in viso e con espressione impotente fissò, alle spalle dei fotografi, Mons. Ma da lui non poteva aspettarsi alcun aiuto. Il padre era rosso e disperato come lui. Il Signor Pomodoro junior e il Signor Pomodoro senior. Eccoli serviti. Si mise a fissare il pavimento.

I fotografi avevano smesso di scattare foto. Alle sue spalle sentì qualcuno mormorare qualcosa, altri stavano sicuramente ridendo. Davanti e dietro di lui. Chiuse gli occhi, desiderando intensamente di essere invisibile, ma, probabilmente era la persona più visibile del ristorante. E domani la persona più visibile di tutta la nazione, con tanto di foto sul giornale e tutto il resto. Uno scandalo a soli tredici anni. « Giovane ammiratore si rende ridicolo al ristorante 'Fishland' ». « Ragazzino pazzo tormenta stella del cinema, affermando che lei è un uccello ».

Sentì una mano sulla spalla. Era sicuramente la

polizia che era venuta a prenderlo per portarlo via.

« Scusate » mormorò. « Non volevo ».

Si accorse che qualcuno si stava chinando verso di lui.

« Sei Olle? »

Non era la polizia.

« Olle junior? »

La voce era smorzata e morbida e così vicina al suo orecchio che quell'alito caldo gli fece venire i brividi lungo la spina dorsale. Fece di sì con la testa e aprì gli occhi. Il volto di lei era vicinissimo al suo. Lo baciò sulla guancia. Olle richiuse gli occhi, stava volando. Fanny Mortensen gli prese la mano e lui fece un'impennata verso il cielo.

« Che piacere conoscerti » disse lei a voce alta. « Ho sentito tanto parlare di te. Abbiamo tante cose da dirci ».

Gli fece un sorriso radioso. Lui cercò di sorriderle, ma fu un sorriso vago e forzato perché in realtà lui stava volando verso il cielo e aveva le vertigini.

« So quanto pesa una pallina da tennis » farfugliò.

« Ci avrei scommesso sul tuo senso dell'umorismo » disse Fanny ridendo.

Come se si fosse trattata della parola magica, tutti si misero a ridere. Eccetto Mons, Sigmund e lui. Ma non erano risate maligne, anzi commenti simpatici come « Allora sei un amico di Fanny?» Un attimo dopo era il centro dell'attenzione di una massa di persone sconosciute, festose, desiderose di salutare il ragazzo di cui Fanny aveva così tanto sentito parlare. I fotografi gli assicurarono che non volevano tormentare Fanny, ma che erano stati invitati. Alcuni degli ospiti dissero sorridendo che era un bene che qualcuno tirasse loro le orecchie di tanto in tanto, ma tutti erano d'accordo nell'affermare che era stato un modo divertente per farsi conoscere e che a momenti era quasi riuscito a ingannarli tutti. Per tutto il tempo Fanny gli strinse la mano, sorridendogli come se fosse contentissima di vederlo. Un signore di una certa età che evidentemente aveva organizzato il ricevimento, gli chiese se aveva voglia di sedere al loro tavolo, ma Olle rispose che era con suo padre. Mentre lo diceva, gli occhi di Fanny si fecero ancora più grandi.

«Tuo padre è qui?» sussurrò.

Lui annuì.

«Sì, è seduto là in fondo».

Fanny guardò in direzione del tavolo dove c'era Mons che, paonazzo in viso e accasciato sulla sedia, rimirava il suo piatto. Sigmund gli sedeva accanto fissando Fanny con gli occhi sgranati e quando lei diresse lo sguardo verso di loro, fece qualcosa che Olle non gli aveva mai visto fare prima: arrossì.

«Credi che tuo padre abbia voglia di venire al nostro tavolo?» domandò Fanny.

Olle scosse la testa.

« No » farfugliò. « Lui... lui ha paura dei... fotografi ».

Fanny annuì.

« Capisco. Allora non vorrà neanche che lo vada a salutare adesso ».

« No » si affrettò a dire Olle. « Meglio di no ».

Fanny continuava a fissare Mons, che, quando osò alzare la testa di sfuggita, si imbattè nel suo sguardo. Lei sorrise con cautela. Lui chinò la testa con velocità fulminea, agguantò forchetta e coltello e si mise a raschiare il piatto e quando si accorse che era vuoto, appoggiò le posate e si girò a guardare fuori dalla finestra. Aveva rossa persino la nuca.

« Capisco che non voglia incontrarmi adesso » sussurrò Fanny. « Vuoi salutarlo da parte mia? »

Olle annuì.

« Dove alloggiate? »

« Qui in albergo » disse Olle. « Papà gioca a golf sul tetto. Ora devo andare ».

« A presto » rispose Fanny.

« Sì » disse Olle che raggiunse il suo tavolo nel momento in cui il cameriere stava arrivando con il cibo.

« Cosa diavolo ti ha preso? » mormorò Mons con voce rauca.

« Sono andato a salutare Fanny Mortensen » disse Olle, infilandosi un pezzo di salmone in bocca. In effetti aveva un buon sapore.

« Ma... ma la conosci? »

« Un po' » spiegò Olle. « Le avevo scritto per

chiederle l'autografo. Lei mi ha risposto e così ci siamo scritti qualche lettera».

«Non me l'hai mai detto» commentò Mons, sollevando il bicchiere.

«No» si intromise Sigmund placidamente. «Ci sono un po' di cose che lei non sa, signor Simonsen. A quanto pare Fanny vuole fare un brindisi con lei».

Mons sussultò come se fosse stato punto da una vespa.

«Cosa stai dicendo?»

«Ha sollevato il bicchiere e la sta guardando. Sì, vuole brindare».

«E perché diavolo vorrebbe brindare con me?»

«Mah, forse pensa che lei sia un tipo simpatico».

Mons lanciò un'occhiata furtiva verso Fanny. Lei gli sorrise e lui, un po' impacciato, le restituì il sorriso. Lei annuì con il capo, sollevando il bicchiere.

Mons sollevò il bicchiere a sua volta. Cercò di fare in modo che il gesto potesse essere interpretato sia come un brindisi che come un movimento casuale. Fanny lo interpretò come un brindisi. Il suo sorriso si fece ancora più radioso e poi bevve un sorso. Mons non credeva ai propri occhi quando lei ammiccò.

«Non ci capisco più niente» borbottò. «Ma proprio niente. Le hai scritto di me, Olle?»

«Soltanto un po'» rispose Olle, infilandosi in

bocca un altro pezzetto di salmone. Adesso non era più così buono.

Mentre mangiavano, Mons cercò di scoprire cosa si fossero scritti Olle e Fanny. Olle si sforzò di essere il più vago possibile, tanto Mons non era neanche in grado di concentrarsi sulle risposte. Continuava a lanciare occhiate furtive a Fanny e ogni volta che lo faceva, incontrava il suo sguardo. Dopo aver pagato, si alzarono per andarsene. Lo stesso fece Fanny. Quando raggiunsero la *reception*, lei era lì ad aspettarli. Per un attimo sembrò che Mons fosse tentato di girare i tacchi e di rientrare nel ristorante, poi cambiò idea e continuò a camminare diritto davanti a sé. Lei gli tese la mano.

«Grazie per essere venuto» esordì piano.

Lui le strinse la mano in modo meccanico.

«Be', sono io il padre di Olle» disse con voce impastata.

«Pensi, alla fine siamo riusciti a incontrarci» disse Fanny con voce morbida.

«Già» squittì Mons.

Le lasciò la mano e si avviò quasi di corsa verso le scale, tallonato dal figlio.

Sigmund si trovò da solo con Fanny.

«È un tipo un po' taciturno» disse a mo' di spiegazione.

Sembrava che Fanny non lo sentisse affatto. Il suo sguardo era rivolto verso la scala vuota.

«Anch'io sono, come dire, un tipo taciturno» continuò Sigmund.

Fanny si accorse di lui.
« Cosa hai detto? »
« Che io... se io... posso avere un autografo? »

14

Mons seguì i ragazzi nella loro camera. Era alquanto turbato e non poco confuso. Così per Olle. Sigmund, invece, aveva tutto sotto controllo: nel portafoglio teneva l'autografo di Fanny ed era molto soddisfatto della cena. Mons aveva la netta sensazione che ci fosse il suo zampino dietro tutto quello che era successo, anche se non capiva bene cosa fosse successo.

« Esigo una spiegazione! » disse Mons esasperato.

« E l'avrà, signor Simonsen » rispose Sigmund. « Perché mi sembra che ne abbia tutto il diritto ».

« Davvero? » disse Mons con fare più mansueto.

« Sì » confermò Sigmund. « Si sieda ».

Olle si morsicò un labbro mentre continuava disperatamente a strizzare l'occhio a Sigmund. Se avesse raccontato a Mons di Olle senior e Olle junior, la stanza sarebbe esplosa.

Guardò l'ora.

« Sono un po' stanco ».

« È stata una giornata faticosa. Aaah, sono così stanco. Buona notte, papà ».

Non servì a nulla. Mons si mise a sedere e Sigmund andò a prendere una Coca-Cola dal frigobar.

« Tenga, signor Simonsen. Ha bisogno sicuramente di qualcosa che la tiri un po' su ».

« Allora è meglio una birra » propose Mons.

« Io, invece, vado a dormire » mormorò Olle.

Cominciò a spogliarsi e mentre Sigmund raccontava, si infilò il pigiama, si distese sul letto e si tirò le coperte fin sopra la testa. Fece finta di addormentarsi subito, ma sentiva ogni cosa.

Sigmund aveva molti talenti. Che probabilmente sarebbe potuto diventare un eccellente astrofisico o un abile pubblicitario, Olle lo sapeva già, ma ora stava mettendo in mostra le sue qualità come diplomatico, e neanche queste erano da buttare via. Quando Mons stappò la sua bottiglia di birra, nella stanza regnava un'atmosfera tesa, che però era diventata amichevole e intima quando Sigmund ebbe finito di parlare. Sì, quasi allegra. Quel geniale negoziatore di pace sapeva esattamente cosa sottolineare e cosa era meglio tralasciare.

Raccontò a Mons del trattamento ingiusto di cui era stata vittima Fanny Mortensen quando il giudice le aveva negato il risarcimento per le fotografie che la ritraevano a seni scoperti. Raccontò del club « Aiutiamo Fanny! », delle lettere che avevano scritto, di quanto l'avessero resa felice e del fatto che voleva incontrare Olle quando sarebbe venuta in Norvegia.

« È stato Olle a firmare le lettere » spiegò Sigmund. « Personalmente non mi piace mettermi in mostra. Mi creda o no, signor Simonsen, ma preferisco stare nell'ombra».

Mons aveva aperto la sua seconda birra. Fece un cenno di assenso con la testa.

«Lo stesso vale per me» disse.

Un russare esagerato giunse dal letto.

«Dorme» commentò Sigmund. «Se l'è meritato. Ha un figlio coraggioso, signor Simonsen».

Mons annuì.

«Sì, ha preso da sua madre. Continua, Sigmund».

Sigmund continuò. Era arrivato il momento di fare delle confessioni. Raccontò che sapevano in anticipo che Rebecca Jones sarebbe precipitata dal grattacielo, ma che non era mai stata loro intenzione estorcere una cena a Mons con l'inganno. La scommessa era solo uno scherzo, o «una ragazzata», come si espresse Sigmund. I suoi genitori gli avevano dato dei soldi, incitandolo a offrire un'ottima cena a Mons e Olle. Prese il portafoglio e lo aprì.

«Non se ne parla neanche» disse Mons risentito. «Sei mio ospite».

Sigmund sospirò.

«Va bene, va bene. Immagino che non serva discuterne».

«Esattamente» replicò con soddisfazione Mons. «Continua! Cosa avete scritto di me?»

Il russare che veniva dal letto, si fece ancora più forte.

«È stato Olle a scrivere» disse Sigmund.

« E cosa ha scritto? »

Sotto le coperte si fece un silenzio improvviso.

« Le ha semplicemente scritto quanto le vuole bene ».

« Davvero? »

« Sì, ha scritto che lei è il miglior padre del mondo e che è sincero, generoso e odia l'ingiustizia ».

« Ha veramente scritto queste cose? »

Mons aveva la voce leggermente impastata.

« Sì, ma devo ammettere una cosa ».

« Cosa? »

« Ha detto di lei anche qualche piccola bugia ».

Dal letto qualcuno riprese a russare con violenza.

« Ha mentito? »

« Sì. Ha scritto che è stato lei a farci capire che era stata trattata ingiustamente ».

« Ha scritto questo. Ma perché? »

« Non ne sono sicuro, signor Simonsen, ma secondo me è perché Olle è così modesto. Come dire, non se la sentiva di assumersi il merito ».

« Capisco » fece Mons. Aveva le lacrime agli occhi. « Olle è sempre stato un ragazzo modesto. Ecco perché Fanny era così felice di incontrarmi ».

« Esatto ».

« Non voglio togliere il merito a Olle » continuò Mons. « Dobbiamo dirle la verità ».

« Assomiglia tutto a suo figlio » disse Sigmund commosso. « È modesto come lui ».

« Vado giù a dirglielo subito ».
« Non è necessario, signor Simonsen. Ci penso io ».
« Veramente? »
« Sì » rispose Sigmund con calma. « È il minimo che possa fare ».
« Va bene, allora credo proprio che me ne andrò a dormire » disse Mons sollevato.
« Vada pure, ma sia così gentile quando esce da chiudere piano la porta per non svegliare Olle ».
« Ma certo. È un bravo ragazzo, vero, Sigmund? »
« Il migliore, signor Simonsen. Il migliore! »
Mons sgusciò dalla camera in punta di piedi.
« Adesso puoi uscire allo scoperto » disse Sigmund. « Il pericolo è passato ».
Alzatosi dal letto, Olle camminò con passo malfermo e andò a prendersi una Coca-Cola nel frigobar. Ne bevve un lungo sorso, poi fissò Sigmund.
« E adesso che si fa? »
« Vado a chiamare Fanny ».
La bottiglia di Coca-Cola cadde al suolo.
« Ma... ma... non devi... »
« Stai calmo » disse Sigmund. « Ascoltami ».

Seduto davanti allo specchio della camera d'albergo, Olle si studiava la faccia. Sorrise amabilmente: era junior, specialista in galateo. Aggrottò le sopracciglia: era la guardia del corpo, specialista

COSA PENSARE
RICCETTO
QUANTE
POSSIBILITÀ
GANSTER
QUANTE PETTINATA
JUNIOR
CHI SEI ?
NON ANDARTENE!
SONO

nel liberarsi di fotografi importuni. Era se stesso: Olle Simonsen, 13 anni, specialista nel non essere Olle Simonsen. Riprese a fissare la sua immagine con attenzione. Aveva un viso piuttosto comune e un'espressione non felice, non triste e neanche impaurita, forse un po' interrogativa. Come di uno che volesse fare la sua conoscenza. Fece un cenno con il capo allo specchio. Sorrise timidamente. L'immagine allo specchio aprì la bocca e lui sentì la sua voce bisbigliare:

« Non andartene ».

Andò a sdraiarsi sul letto e si mise a fissare il soffitto mentre cercava di pensare. Tipico: di solito doveva sforzarsi di non pensare e adesso, che per una volta cercava di farlo, non ci riusciva. Si alzò dal letto e cominciò a camminare in su e in giù per la camera. Si era infilato la tuta da ginnastica, come avevano concordato. Provò a muoversi in modi diversi, ma tutti gli sembravano innaturali. Quanto tempo era passato da quando Sigmund aveva lasciato la stanza? Cinque minuti o mezz'ora? Non aveva idea. Si fermò davanti allo specchio, tirò fuori il pettine e cominciò a pettinarsi i capelli. Quanti tipi di pettinature esistevano a questo mondo? Un milione? L'immagine allo specchio lo guardò con espressione infelice. Si guardò negli occhi e cominciò a pensare. Finalmente trovò la parola che stava cercando da quando se ne era andato Sigmund:

« No! »

«C'è voluto un po' di tempo, ma eccoci qui!» disse Sigmund aprendo la porta e facendo passare Fanny Mortensen.

Olle non rispose. Sedeva curvo davanti allo specchio e aveva indosso gli indumenti che portava di solito: un paio di pantaloni un po' troppo grandi, una camicia verde e i calzini rossi. Davanti a lui c'era un foglio, e accanto una biro.

«Ci sono visite» disse Sigmund con voce incerta.

Qualcosa non andava. Le aveva detto che Olle doveva parlarle di qualcosa di importante e quando sarebbero arrivati, secondo i piani, lui l'avrebbe accolta in modo sciolto e spontaneo, con indosso la tuta e con una coppa di champagne preso dal frigobar. Le avrebbe detto che purtroppo senior era dovuto tornare a casa in fretta e furia: uno dei suoi compagni di scalate era prcipitato e doveva trovare un sostituto. Sarebbero partiti per il Nepal tra due giorni e non sarebbe ritornato prima di novembre. Olle junior e il suo buon amico Sigmund sarebbero rimasti in Norvegia. Junior era abituato a stare da solo e senior sarebbe stato molto contento se Fanny avesse fatto fare loro un giro per Horten la mattina dopo. Questo era il piano che Sigmund aveva elaborato e che Olle aveva accettato senza protestare. Ma ora Olle aveva pensato.
«Ciao, Olle» disse Fanny. «Cosa vuoi dirmi?»

Olle non rispose.

«Credo che abbia composto una poesia» mormorò Sigmund. «Lo fa spesso quando è solo».

Non aveva ancora perso le speranze e si augurava che Olle avesse semplicemente deciso di cambiare tattica.

« Lo faccio anch'io » disse Fanny. « Amo molto la poesia ».

« Non ho scritto poesie » farfugliò Olle.

« Stai scrivendo allora al tuo romanzo? » domandò Sigmund, che stava cominciando sul serio a diventare nervoso.

Olle si alzò lentamente. Teneva lo sguardo fisso a terra, trascinando il foglio

« È una lettera ».

La voce era esile e indistinta. Deglutì, arrossendo. Era timido, impaurito e perfettamente naturale.

« È bello ricevere lettere » commentò Fanny.

Lo disse con voce gentile, ma con una punta di impazienza. Amava sì i bambini, soprattutto in presenza dei fotografi, ma quando questi non c'erano, faceva in fretta a stufarsi.

« Non è per me » disse Olle. « È per te ».

Fanny si illuminò.

« È di tuo padre? »

« No, è da parte mia ».

Forse Fanny non era l'attrice più brava di questo mondo, ma riuscì comunque a nascondere la delusione e l'entusiasmo che trapelava dalla sua voce sembrava quasi autentico.

« Mi hai scritto una lettera? Che pensiero carino, Olle ».

Tese la mano, ma Olle disse:

«Preferisco leggertela».

«Credo che andrò a fare un giro» intervenne Sigmund, che si stava già precipitando verso la porta. Non ce la fece.

«Rimani qui» disse Olle. «Voglio che la senta anche tu».

Sigmund ritornò sui suoi passi.

«Che ne dice di una coppa di champagne, signorina Mortensen?»

Fanny scosse la testa: guardava Olle, che fissava il pavimento davanti a lei.

«Allora leggi» disse. «Guarda che non mordo mica».

Olle cominciò. Molto piano e molto distintamente. Leggeva per Fanny, leggeva per Sigmund, ma soprattutto leggeva per se stesso:

Cara Fanny Mortensen,

Olle sono io. Olle Simonsen. Sono io che ho scritto tutte le lettere. Erano tutte bugie. Papà non è miliardario e quindi neanch'io sono il figlio di un miliardario. Tutti mi chiamano Pappamolle perché ho sempre paura, sì, ho paura di tutto. L'unica cosa che sono capace di fare, è non essere me stesso. È molto facile, ma non so se sarà sempre così. Vorrei provare a fare anche qualcosa di un po' più difficile, e per me la cosa più difficile in assoluto è essere Olle. Mi spiace averti mentito, ma non troppo perché se non l'avessi fatto, credo che non avrei mai scoperto che comunque non voglio mentire. Adesso non ho più niente da dire. Scusa.

Cordiali saluti da Olle Simonsen. 13 anni. Me stesso.

Dopo aver fatto un rigido inchino a Fanny, le porse la lettera. Poi si girò, si diresse verso la finestra e si mise a guardar fuori.

Seduto sul letto, Sigmund giocherellava con un dito con la coperta, facendo finta di non esserci. Fanny se ne stava in piedi con la lettera in mano.

Poteva succedere di tutto, pensò Olle. Fanny avrebbe potuto esplodere, ridere di lui o andarsene. Non aveva alcuna importanza: era finita. Fanny Mortensen, Olle junior. Non c'era niente di vero, era solo un film, tutto quanto. E adesso il film era finito. Provò una specie di sollievo: quello era vero. In piedi davanti alla finestra, guardava le stelle. Anche quelle erano vere. Sentì i suoi passi.

« Olle ».

Era impossibile afferrare il tono dalla sua voce. Non aveva alcuna importanza.

« È Sirio » disse Olle.

« Cosa? »

La voce di lei era leggera come un soffio di vento. Un soffio di vento prima che si scatenasse la tempesta.

« Sirio, otto anni fa. Ci vuole tutto questo tempo prima che la luce raggiunga la Terra. Mi sarebbe piaciuto essere là ora ».

«Dove?»

La voce di lei era davvero così fievole o soltanto molto lontana?

«Su Sirio» rispose lui. «Otto anni fa».

Fanny gli aveva appoggiato una mano sulla spalla. Adesso gliela stava stringendo. Olle si girò a guardarla. In quel momento avvenne quello che non si sarebbe mai aspettato: Fanny Mortensen cominciò a piangere. Tremava. Si mordeva le labbra mentre le lacrime le rigavano il volto, disegnando strisce di ombretto nero sul volto pallido. Piangeva come un bambino, con piccoli, veloci singhiozzi, mentre cercava di asciugarsi le lacrime con un minuscolo fazzoletto rosa, che si macchiò di rosso, nero e giallo per via di tutti i colori che le mascheravano il viso. Gli aveva tolto la mano dalla spalla e con entrambe le mani si copriva gli occhi mentre teneva la testa china in avanti in modo che Olle riuscì a vedere che la radice dei capelli non era biondo platino, ma color sabbia. Avrebbe voluto accarezzarle i capelli, ma non osò. Aveva soltanto tredici anni e non sapeva come si consola una stella del cinema infelice.

«Scusa» le sussurrò.

Lei si tolse le mani dagli occhi e sollevò il viso verso di lui. Poi sorrise. Un sorriso malinconico che Olle aveva già visto cento volte.

«Come sono andata?» chiese.

«Cosa?»

«Le mie lacrime. Sembravano vere?»

« Erano magnifiche » disse Sigmund.

Dopo essersi messo comodamente a sedere sul letto, Sigmund aprì un sacchetto di noccioline mentre guardava Fanny con ammirazione.

« Sono brava a piangere, vero? » disse allegra. « Reciterò Giulietta in *Romeo e Giulietta*. Mi devo allenare continuamente ».

« Non disturberemo affatto » commentò Sigmund. « Vero, Olle? »

Olle non rispose. In un lampo aveva capito tutto. Non mentre lei stava piangendo, ma quando vide le strisce di colore che le rigavano le guance, le radici dei capelli color sabbia e il sorriso, che non era suo, ma un sorriso che aveva imparato a fare in uno studio cinematografico d'oltreoceano, il sorriso di Rebecca Jones. Allora aveva visto quello che lei non era. La pelle bianca non era sua: era il trucco. I capelli biondo platino non erano suoi: erano stati schiariti. Le labbra rosse non erano sue: erano dipinte. Fanny Mortensen non era Fanny Mortensen.

« Non è necessario mentire » disse Olle piano.

« Oi » venne dal letto.

« Cosa hai detto? »

Gli occhi di lei scintillavano, ma non aveva nessuna importanza. Lui sapeva che non erano veri.

« So com'è. È terribilmente difficile essere se stessi ».

Si sentì un leggero crepitio: era il sacchetto delle noccioline di Sigmund. Fanny fissò Olle. Lui le restituì lo sguardo. Un debole rossore trasparì sul viso di lei nonostante il trucco. Fanny aprì la bocca. Un po' di rossetto aveva impiastrato le guance. Olle disse serio:

«Allora anche tu arrossisci».

Fanny sedeva immobile. Il volto si fece sempre più rosso, ma non disse una parola. La luce di Sirio penetrava dalla finestra.

«Anche tu desidereresti essere lassù, vero?» chiese Olle.

Fanny cercò di sorridere nuovamente, ma senza riuscirci. Rebecca Jones era morta.

«Ma non è Sirio quella che vediamo. Vediamo soltanto qualcosa che non c'è più».

Fanny Mortensen disse:

«E dire che non mi chiamo neanche Fanny. Il mio vero nome è Mette».

«Sì» rispose Olle pacatamente. «Me lo immaginavo».

Sigmund aveva finito il sacchetto di noccioline ed era passato alle patatine. Si sentiva confuso, umile e timido. Quanto era successo in quella stanza nell'ultimo quarto d'ora, era stato troppo anche per la sua intelligenza superiore, anche se il risultato finale era quello che aveva previsto: Fanny, cioé Mette Mortensen, e Olle junior, cioé Olle Simonsen, era diventati amiconi. Prima lei si era rimessa a piangere, poi, quando ebbe finito, aveva abbracciato Olle che aveva ricambiato il gesto senza arrossire né niente, mentre lui, abituato ad avere il controllo della situazione, se ne era rimasto seduto a guardare come un idiota. Avevano cominciato a ridere senza che, con tutta la sua buona volontà, Sigmund riuscisse a capire cosa ci fosse da ridere.

« Ti chiamano davvero Pappamolle? » gli aveva domandato.

« Sì, certo » era stata la risposta.

« Sai come chiamavano me? »

« Marilyn Monroe? » si era affrettato a dire Sigmund nel tentativo di farsi notare, ma nessuno ci fece caso.

« Mi chiamavano Mette la Racchia ».

Le risate si fecero ancora più fragorose. Anche Sigmund cercò di ridere, ma si sentiva che non era naturale, così preferì mangiarsi una patatina mentre aspettava la confidenza successiva, che non si fece attendere.

« A essere sinceri sono una pessima attrice » confessò Mette Mortensen.

« Anch'io » affermò Olle.

Scoppiarono a ridere nuovamente. Sigmund non riusciva a capire *cosa* ci fosse di così divertente, ma non disse niente. Si rese conto che c'erano momenti in cui anche i geni dovevano stare zitti.

« È per questo che mi hanno cacciato dalla soap opera » disse Mette. « Secondo gli spettatori ero di una noia mortale ».

« Il pubblico è fatto di idioti » concluse Olle.

« Non ho mai incontrato Robert de Niro ».

« Neanch'io ».

«La mia partecipazione a *Il labirinto dell'amore* dura diciotto secondi netti».

«Io non vi partecipo affatto».

«Peggio per Hollywood» continuò Mette Mortensen.

«Sì, sono sicuramente molto dispiaciuti».

«Il mio agente mi ha detto che la pubblicità del colluttorio era la mia ultima possibilità».

«E come è andata?»

«Paurosamente. Da quando l'hanno mostrata al cinema, la vendita del colluttorio è scesa del venti per cento. Sperano che vada meglio in Norvegia: qui mi credono una stella».

«Ma tu sei una stella» disse Olle e senza sapere perché, aggiunse: «Sei... Sirio».

Sigmund sentì di *dover* dire qualcosa.

«Che bastardi» disse.

Lo guardarono, tutti e due.

«Chi?» chiese Mette Mortensen.

«Mah...» farfugliò Sigmund nervosamente, «Loro...»

Cercava disperatamente le parole giuste.

«Voglio dire... voglio dire... come quel giudice che non ti ha concesso il risarcimento per le foto».

Mette rise.

«E aveva ragione. È stata una trovata del mio agente».

«Oi?»

«Secondo lui mi avrebbe aiutato a far carriera».

Per Sigmund quello fu il colpo di grazia: si alzò in silenzio e si avviò verso la porta.

«Scendo alla *reception* e... faccio due tiri a golf» disse.

Dopo che Sigmund se ne fu andato, Olle si sentì di colpo un po' nervoso, ma quando osservò Mette, seppe che lo era pure lei.

«Non dirai a nessuno quello che ti ho detto, vero?» disse lei.

Olle scosse la testa.

«E neanche il tuo amico».

«No. La mia parola d'onore è legge per lui».

Mette rise.

«Figuriamoci».

«No, ma lui è bravissimo a tenere un segreto. Quando riparti?»

«Non riparto. Quando scendo, mi faranno un'intervista e allora dirò che ho deciso di ritirarmi perché sono stufa della vita del jet-set».

«Pensi che ti crederanno?»

«Pensino pure quello che vogliono».

Olle rifletté per un attimo.

«Dì... Mette».

«Sì?»

«Mi chiedevo se potevi...»

«Cosa?»

«Se potevi chiedere a quei fotografi di non pubblicare le foto dove ci sono io».

«Perché?»

«Non so, ma è così imbarazzante».

«Ci penso io» rispose Mette.

«E se si rifiutano?»

«Allora dirò loro che salta l'intervista con me».

Olle fece un respiro di sollievo.

« Grazie ».

Rimasero in silenzio per qualche secondo: nessuno dei due sapeva esattamente cosa dire. Si sorrisero imbarazzati.

« E adesso cosa farai? » chiese Olle piano.

« Lavorerò nel negozio di mio padre. Ma ci pensi? Le figure da stupida le farò là! »

Risero entrambi.

« E tu cosa farai, Olle? »

« Comincerò le scuole medie » rispose Olle, aprendole la porta.

15

Era un sabato di settembre e la sera aveva cominciato a fare buio presto. Il primo mese alle medie non era stato così terribile come aveva temuto. C'era ancora qualcuno che lo prendeva in giro. Il nomignolo di Pappamolle se le era portato in dote dalle elementari, ma era stato lui stesso a svelarlo:

«Allora tu sei Olle Simonsen» aveva detto l'insegnante.

«Sì, ma di solito mi chiamano Pappamolle».

La classe aveva riso, ma le risate erano state in un certo senso più fiacche. Non aveva più lo stesso effetto prenderlo in giro ora che lui stesso usava quel nome.

«E arrossisco anche» aveva proseguito. «Molto spesso».

A quell'uscita le risate si erano fatte ancora più fiacche e alla fine erano quasi cessate del tutto.

Lui e Sigmund avevano cominciato nella stessa classe e continuavano a passeggiare instancabili su e giù per il cortile della scuola, immersi in strane discussioni:

«Fantasia» poteva dire Olle, «non è qualcosa che pensi. È qualcosa che senti, che provi».

20 Ottobre
GIOVEDI
294-72
s. Irene verg.

«Non puoi sentire una fantasia, Olle...»
«Pappamolle».
«Va bene, Pappamolle. Devi pensare prima di sentire».
«No, non devi affatto. Devi sentire prima di pensare».
«È impossibile. Non puoi sentire per esempio che la luce di Sirio ha più di otto anni prima di averlo pensato».
«Non puoi neanche pensare alla luce prima di averla sentita».
E così erano capaci di continuare in contorte discussioni senza mai arrivare a un accordo. Nessuno capiva perché Olle e Sigmund fossero amici, ma a loro non importava proprio niente.
«Non è necessario capire tutto e sempre» diceva Olle e per una volta tanto Sigmund gli dava ragione.
Ellen Christine e Sigmund si erano messi insieme, mentre Olle e Mika si erano baciati davanti allo snackbar una sera d'agosto. Era stato molto bello, ma quando lei gli aveva chiesto di insegnarle a ballare la Ollska, lui aveva risposto che a dire il vero non sapeva ballare. Aveva soltanto fatto finta. Mika era rimasta molto impressionata e aveva aggiunto che sarebbe stato meraviglioso se la maggior parte dei maschi fosse modesta come lui. Non lo era nessuno. Olle fu d'accordo: di Olle ce n'era uno solo.
Quel mattino era seduto in camera sua e stava scrivendo una lettera a Robert de Niro, o meglio,

non era lui a scrivere, ma la giovane attrice norvegese Marikken Simonsen. In norvegese. L'avrebbe tradotta dopo, tanto con l'ottimo che si era preso nell'ultimo compito in classe d'inglese era sicuro di non avere particolari problemi.

Marikken aveva notato il piglio bonario intorno alle labbra di Robert e si chiedeva se lui fosse realmente un duro come voleva far credere. Naturalmente non erano affari suoi, ma le era venuta la voglia di scrivergli per dirgli che se si fosse sentito solo, ci sarebbe sempre stata in Norvegia una giovane attrice disoccupata che lo capiva. Lui non aveva bisogno di rispondere, ma se non gli fosse stato di troppo disturbo, l'avrebbe resa felice se avesse mandato un autografo al suo fratellino, Olle Simonsen, un bravo ragazzo, ma che non osava scrivere di persona. A dire il vero, era un fifone. Sì, probabilmente era il ragazzo più fifone di questo mondo. Aveva paura di tutto quello di cui si può avere paura a questo mondo: del buio, delle biciclette, dei ghiacciai, delle ragazze e per di più soffriva di vertigini.

L'effetto non era niente male, ma mancava ancora qualcosa e Olle non sapeva cosa.

Mons comparve sulla porta.

Olle gli sorrise.

«Ti è arrivata una lettera».

«Oh?»

«Sì... da Horten».

Diede a Olle una grossa busta grigia.

«Non la apri?»

« È una lettera privata, papà ».

« Sì, certo » disse Mons « Sono in soggiorno se c'è bisogno di qualcosa ».

Non era una lettera, ma una foto:

Olle Simonsen Guardia del Corpo Junior con le braccia spalancate. Aveva un'espressione arcigna dipinta sul volto. « Fanny » Mortensen era dietro di lui. Aveva uno splendido sorriso e fissava Olle con gli occhioni stupiti. In fondo alla foto aveva scritto: A OLLE CON TANTI SALUTI DA SIRIO.

Appoggiò la fotografia sul tavolo e si accorse di non essere triste. Al contrario. Diede un'occhiata alla lettera indirizzata a Robert de Niro, prese la penna e scrisse in fondo al foglio: « Olle sono io ».

Poi tirò un sospirò di sollievo, piegò il foglio e andò in soggiorno dove suo padre faceva finta di leggere il giornale.

« È di, di... di Mette » disse Olle, porgendogli la foto.

« Me lo aspettavo » rispose Mons. « Che bel... Ma perchè c'è scritto 'con tanti saluti da Sirio' »?

« Perché da allora è passato così tanto tempo » disse Olle arrossendo.

Indice

SALANI GL'ISTRICI

1. Roald Dahl, *Il GGG* (Inghilterra)
2. Roald Dahl, *Le streghe* (Inghilterra)
3. Astrid Lindgren, *Pippi Calzelunghe* (Svezia)
4. Astrid Lindgren, *Rasmus e il vagabondo* (Svezia)
5. Philippa Pearce, *Il giardino di mezzanotte* (Inghilterra)
6. Roald Dahl, *Gli Sporcelli* (Inghilterra)
7. Mary Norton, *Sotto il pavimento* (Inghilterra)
8. Karin Michäelis, *6 × 2 non fa 12* (Danimarca)
9. Penelope Lively, *Il fantasma di Thomas Kempe* (Inghilterra)
10. Tormod Haugen, *Gli uccelli notturni* (Norvegia)
11. Roald Dahl, *La fabbrica di cioccolato* (Inghilterra)
12. Christine Nöstlinger, *Il bambino sotto vuoto* (Austria)
13. Roald Dahl, *Matilde* (Inghilterra)
14. Allan Ahlberg, *Arf! La mia vita da cane* (Inghilterra)
15. Astrid Lindgren, *Mio piccolo Mio* (Svezia)
16. E.L. Konigsburg, *Fuga al museo* (Stati Uniti)
17. Christine Nöstlinger, *Che m'importa di Re Cetriolo* (Austria)
18. Christine Nöstlinger, *L'invenzione del signor Bat(man)* (Austria)
19. Roald Dahl, *Il grande ascensore di cristallo* (Inghilterra)
20. Michael Ende, *Le avventure di Jim Bottone* (Germania)
21. Robert C. O'Brien, *Topo-secret* (Stati Uniti)
22. Michael Ende, *La terribile banda dei « Tredici » pirati* (Germania)

23. Edy Lima, *La vacca volante* (Brasile)
24. Pier Luigi Luisi, *Suo padre era un albatros* (Italia)
25. Nicholas Fisk, *L'auto parlante* (Inghilterra)
26. Roald Dahl, *Danny il Campione del Mondo* (Inghilterra)
27. Edy Lima, *La vacca nella selva* (Brasile)
28. Isaac B. Singer, *Il Golem* (Polonia)
29. Christine Nöstlinger, *Il Wauga* (Austria)
30. William Steig, *Dominic* (Stati Uniti)
31. Margaret Mahy, *La turbinosa storia di Picco Uragano* (Nuova Zelanda)
32. Tove Jansson, *Il Cappello del Gran Bau* (Finlandia)
33. Tove Jansson, *Magia di Mezz'Estate* (Finlandia)
34. Christine Nöstlinger, *Ma che nano ti salta in testa?* (Austria)
35. Jean Russel, *Le bambole senz'occhi* (Inghilterra)
36. Jonathan Gathorne-Hardy, *Cyril contro la Banda della Donnona* (Inghilterra)
37. Alberto Bernardini, *Operazione Ciambella* (Italia)
38. Russell Stannard, *Il tempo e lo spazio di zio Albert* (Inghilterra)
39. Roald Dahl, *La magica medicina* (Inghilterra)
40. Reiner Zimnik, *I pensieri di Lektro* (Germania)
41. Ursula Moray Williams, *Un'isola tutta per me* (Inghilterra)
42. Philip Ridley, *Dakota delle Bianche Dimore* (Inghilterra)
43. Erica Lillegg, *Vevi* (Austria)
44. Lynne Reid Banks, *L'indiano nell'armadio* (Inghilterra)
45. Janet Taylor Lisle, *La ruota degli elfi* (Stati Uniti)
46. James Matthew Barrie, *Peter Pan* (Inghilterra)
47. Lynne Reid Banks, *L'indiano fu ferito* (Inghilterra)
48. Jonathan Gathorne-Hardy, *Cyril delle Scimmie* (Inghilterra)

49. Maria Elena Walsh, *Ti regalo un elefante* (Argentina)
50. Roald Dahl, *Boy* (Inghilterra)
51. Russell Stannard, *Zio Albert e i buchi neri* (Inghilterra)
52. Jo Pestum, *Il pirata sul tetto* (Germania)
53. Tove Jansson, *Magia d'inverno* (Finlandia)
54. Penelope Lively, *Alieni a lieto fine* (Inghilterra)
55. Silvana Gandolfi, *La scimmia nella biglia* (Italia)
56. Christine Nöstlinger, *Hugo, il bambino nel fiore degli anni* (Austria)
57. Mary Norton, *Ai piedi dell'erba* (Inghilterra)
58. Jonathan Gathorne-Hardy, *Cyril e la Missione Ping* (Inghilterra)
59. Daniel Pennac, *Abbaiare stanca* (Francia)
60. A.A. Milne, *Winnie Puh* (Inghilterra)
61. A.A. Milne, *La strada di Puh* (Inghilterra)
62. Guido Quarzo, *L'ultimo lupo mannaro in città* (Italia)
63. Daniel Pennac, *L'occhio del lupo* (Francia)
64. Russell Stannard, *Mille e un mistero* (Inghilterra)
65. Saki, *La zia ha adottato un licantropo* (Inghilterra)
66. Mary Norton, *In teiera sull'acqua* (Inghilterra)
67. Lynne Reid Banks, *Il segreto dell'indiano* (Inghilterra)
68. Philippa Pearce, *Una più del diavolo* (Inghilterra)
69. Silvana Gandolfi, *Pasta di Drago* (Italia)
70. Rindert Kromhout, *Il bagno nel deserto* (Olanda)
71. Jonathan Gathorne-Hardy, *Cyril delle fogne* (Inghilterra)
72. Jacqueline Wilson, *Bambina affittasi* (Inghilterra)
73. Roald Dahl, *La fabbrica di cioccolato* (Inghilterra)
74. Hugh Lofting, *La storia del dottor Dolittle* (Inghilterra)
75. Hugh Lofting, *I viaggi del dottor Dolittle* (Inghilterra)
76. Shel Silverstein, *Strada con uscita* (Stati Uniti)
77. Astrid Lindgren, *I fratelli Cuordileone* (Svezia)
78. Andrea Di Gregorio, *Poppis & Pors.* (Italia)
79. Andrea Stanisci, *Aida. La spada di Radamès* (Italia)

80. Franz Joseph Degenhardt, *Petrolio e olio di foca* (Germania)
81. Janet & Allan Ahlberg, *Bangditi!* (Inghilterra)
82. Angela Sommer-Bodenburg, *Il bambino che non c'era* (Germania)
83. Nicholas Fisk, *Ostaggi nello spazio* (Inghilterra)
84. Roald Dahl, *In solitario. Diario di volo* (Inghilterra)
85. Paul van Loon, *L'autobus del brivido* (Olanda)
86. Astrid Lindgren, *Vacanze all'Isola dei Gabbiani* (Svezia)
87. Carlo Collodi, *Pinocchio* (Italia)
88. Michael Ende, *La notte dei desideri* (Germania)
89. Mary Norton, *Più leggeri dell'aria* (Inghilterra)
90. Natalie Jane Prior, *Amabel* (Australia)
91. Heinz R. Unger, *La mosca americana* (Austria)
92. Clive King, *Stig della caverna* (Inghilterra)
93. Astrid Lindgren, *Martina di Poggio di Giugno* (Svezia)
94. Astrid Lindgren, *Novità per Martina* (Svezia)
95. Teresa Buongiorno, *Olympos. Diario di una dea adolescente* (Italia)
96. Andrea Stanisci, *Don Giovanni. Doppio giallo* (Italia)
97. F. Brunacci e L. De Graaf, *Romeo e Giulietta* (Italia)
98. Hugh Lofting, *Il circo del dottor Dolittle* (Inghilterra)
99. Tove Jansson, *Racconti dalla valle dei Mumin* (Finlandia)
100. Silvana Gandolfi, *Occhio al gatto!* (Italia)
101. David Wood, *Recitiamo il GGG di Roald Dahl* (Inghilterra)
102. Russell Stannard, *Zio Albert e i quanti* (Inghilterra)
103. Lynne Reid Banks, *Il mistero dell'armadio* (Inghilterra)
104. Jacqueline Wilson, *I topi ballano* (Inghilterra)
105. Roald Dahl, *Un gioco da ragazzi e altre storie* (Inghilterra)

106. Uri Orlev, *La bestia d'ombra* (Israele)
107. Allan Ahlberg, *Il bambino gigante* (Inghilterra)
108. Ursula Moray Williams, *Le nove vite del gatto Menelao* (Inghilterra)
109. Jacqueline Wilson, *Fotocoppia* (Inghilterra)
110. Astrid Lindgren, *Karlsson sul tetto* (Svezia)
111. Paul van Loon, *Mai mordere i vicini* (Olanda)
112. Helmut Sakowski, *Grazie dei topi* (Germania)
113. Karel Verleyen, *Mio nonno domatore di leoni* (Belgio)
114. Emanuela Nava, *La bambina strisce e punti* (Italia)
115. Mary Norton, *La rivincita degli Sgraffignoli* (Inghilterra)
116. Guus Kuijer, *Graffi sul tavolo* (Olanda)
117. Allan Ahlberg, *Un colpo di vita* (Inghilterra)
118. Jacqueline Wilson, *C'è poco da ridere* (Inghilterra)
119. Elizabeth Honey, *Stella Street 45 e 47* (Australia)
120. Silvana Gandolfi, *L'isola del tempo perso* (Italia)
121. Nina Bawden, *I fratelli segreti* (Inghilterra)
122. Eva Ibbotson, *Fantasmi da asporto* (Inghilterra)
123. Paul van Loon, *L'autobus del brivido 2* (Olanda)
124. William Taylor, *O che beeela eredità* (Nuova Zelanda)
125. Lois Lowry, *Lo zio ha fatto l'uovo* (Stati Uniti)
126. Jacqueline Wilson, *La bambina con la valigia* (Inghilterra)
127. Diana Wynne Jones, *Vita stregata* (Inghilterra)
128. Joke van Leeuwen, *Ma non è un angelo* (Olanda)
129. Eva Ibbotson, *Passaggio segreto al binario 13* (Inghilterra)
130. Emanuela Nava, *La mummia che fuggì dal museo* (Italia)
131. Geoffrey McSkimming, *Cairo Jim* (Australia)
132. Herbie Brennan, *Ci hanno rubato il didgeridoo* (Inghilterra)
133. Elizabeth Honey, *Tu che ne dici, Emma Bai?* (Australia)

134. Emanuela Nava, *Io qui non ci sto* (Italia)
135. Theresa Tomlinson, *Gatto d'acqua* (Inghilterra)
136. Cristina Brambilla, *Odore di brodo* (Italia)
137. Eva Ibbotson, *Miss strega* (Inghilterra)
138. Uri Orlev, *Com'è difficile essere un leone* (Israele)
139. Simone Klages, *Rosi rapita* (Germania)
140. Paul van Loon, *L'autobus del brivido 3* (Olanda)